もっと味わい深い

万葉集の新解釈

V

巻第17 巻第16 巻第15 巻第14

上野　正彦

東京図書出版

まえがき

　10年余りの研究の過程において、私の万葉歌訓解の研究方法が、いかに大学等におけるこれまでの研究方法と全く異なる流れであったか、を実感しています。

　すでに、随所に記しましたが、要約するとつぎのとおりです。

これまでの研究方法

1　主に江戸時代以降の研究者の訓解を紹介し、その一つに従い自己の訓解とする。疑問を呈している場合も、自己の見解を示さず、「後考を待つ」とすることが多い。

2　「譬喩歌」であってさえ、まして他の歌においては、歌に籠められている比喩・寓意を積極的に解明せず、字面の解釈だけに終始している場合が多い。

3　歌は「深読み」をしてはいけない、歌の背景を解釈に反映させてはいけない、との風潮が残存しており、歌の鑑賞に堪えない訓解が多い。

私の研究方法

1　各歌句の原文を諸古写本により確認し、その原文に対して自己の訓解を提唱し、これまでの訓解が「誤字説」等に基づくものに対しては、積極的に批判する。

2　譬喩や寓意は、和歌特有の優れた表現方法であるから、批判を懼れずに、これらを積極的に解明することが、万葉歌訓解の基本的な必須作業と考える。

3　万葉歌は詠者の生活の中で詠まれたもので、天皇や著名な詠者の歌は、その歌の背景を探究することが、正しい訓解に繋がり、味わい深い鑑賞ができる。

　私の研究方法は、現在、異端・傍流でありますが、何十年か後に、流れが変わる事態が発生し、本流とならないとも限りません。

　日本においては、明治維新、太平洋戦争の戦後に見られたように、外国の力により、大きな変革がもたらされました。

時あたかも、令和5年6月26日の『日本経済新聞』（夕刊）にアイルランド出身の日本文学研究者ピーター・J・マクミラン氏が、万葉集全歌をこれから10年の歳月をかけて英訳し出版する、との報道がありました。

　世界的な文化遺産である万葉集が、海外の研究者・愛読者に共有される時代が間もなく到来し、国内におけるこれまでの万葉歌の訓解水準が、世界的視野の中で評価される時代が予想され、期待されます。

　そのとき、本シリーズの約700首の新訓解が、一日本人による訓解の水準を示すものとして、日本人の面目を保ち得ることになれば、と切に思う次第です。

　令和5年8月

　　　　　　　　　　　令和万葉塾　塾主　上野正彦

凡　例

1　横書き

　これまで、万葉集の注釈書はほとんど縦書きである。本書の内容は、これまでにない新しい訓解であるので、その外装もこれまでにない横書きとした。

2　底本主義を採らない

　本書の立場は、現存しない当初の「萬葉集」に、当初どのように表記がされていたかを、その後の多くの古写本の表記から推定して、新訓解を提唱するものである。したがって、特定の古写本を基本とする、底本主義を採らない。

「多くの古写本の表記」として、主に「**万葉集校本データベース作成委員会**」がウェブサイトで公表している、数本以上の古写本の原文を判読することによった。本書の研究ができたのは、同委員会の上記提供があってのことで、深く敬意と感謝を表する。

3　本書の構成

①　歌番号は、『国歌大観』による歌番号を付した。「類例」の新訓解の歌がある場合は、その歌番号を併記した。また、歌番号の後方にある（誤字説）（語義未詳）（寓意）などの表記は、本書が新訓解を提唱する原因となった、その歌のこれまでの訓解の特徴・範疇を示している。

②　歌番号の下に、題詞・作者名・その他の事柄を、適宜記載している。

③　「**新しい訓**」は、定訓によらず、新しい訓として本書が提唱する訓である。それが、定訓以前に流布していた訓の場合は、（旧訓）と併記した。定訓によるが、その解釈を新しく提唱する場合は、「定訓」をここに記載している。定訓ではないが、広く流布している訓の場合は、「これまでの訓の一例」と表記した。

④　「**新しい解釈**」は、③に記載した「新しい訓」「定訓」などに対

し、本書が提唱する新しい解釈を示している。寓意のある歌は、寓意の内容も記載しているが、寓意の内容を「新訓解の根拠」に記載している歌もある。

　文中における〈　〉内の詞は、枕詞であることを示している。

⑤　「**これまでの訓解に対する疑問点**」は、本書が提唱する新訓解に対応する、定訓の訓およびそれに基づく解釈を示し、それに対する疑問点を摘示している。

　これに関する、戦後の代表的な注釈書９著の見解を、適宜引用している。９著の記述から、現在の訓解の水準を確認している。

　なお、定訓によるが、新しい解釈を提唱する場合は、「これまでの解釈に対する疑問点」と表記している（⑥も同旨）。

⑥　「**新訓解の根拠**」について、定訓と異なる原文を採用するときは、その出典の古写本名を示し、異なる訓を付すには『類聚名義抄』はじめ古語辞典・漢和辞典を引用している。新しい解釈においても、古語辞典などを引用している。他の万葉歌の訓例なども多数例示している。

　なお、同一歌番号の歌の中に、新訓解の歌句が複数あるときは、「その１」「その２」などの小表題を付けていることがある。

　また、他の万葉歌にも、類例の新訓解があることを指摘する場合は、「**類例**」として、その下に解説を併記している。

⑦　「**補注**」は、適宜、参考になると思われる事柄を記載している。

4　参考文献

　本書の著述に用いた文献は、本文中にすべて記載しているので、それ以外のものを加えた、いわゆる「参考文献」を一括掲示していない。

　本書の性格上、通しでのほか、関心のある歌のみを読まれることを想定し、各歌毎に文献名を再記載しているので、文献略称の一覧を付していない。

　　　　　　　　　　　　　　　　　　　　　　　　　　　　　以上

東歌で「相聞」の部にある歌。遠江国の歌と左注がある。

新しい訓

麁玉<small>あらたま</small>の 柵戸<small>きへ</small>の栄<small>はや</small>しに 名<small>な</small>を立てて 行きかつましじ 寝<small>い</small>を先立たに

新しい解釈

〈麁玉<small>あらたま</small>の〉柵戸<small>きへ</small>の要員に選ばれた栄誉が評判となり、私はあなたのところに行くことができそうにありません、その前に一緒に寝たいのに。

■これまでの訓解に対する疑問点

冒頭の原文「阿良多痲能 伎倍乃波也之尓」を「麁玉の 伎倍（あるいは寸戸）の林に」と訓む定訓による注釈書の多くは、「麁玉」は、遠江国麁玉<small>あらたま</small>郡のこと、「伎倍」、「寸戸」は同郡にあった小地名としている。

澤瀉久孝『萬葉集注釋』は、この歌において地名説を採り、鹿持雅澄が『萬葉集古義』において「寸戸」に対し地名ではなく「柵戸」であると掲げていることを紹介したうえで、「城柵のキは乙類の假名であり、寸、伎は甲類であるから當らない。」として「柵戸」を採用していない。

しかし、「城」は乙類の仮名であるが、「柵」は乙類の仮名であるかどうか不明であり、かつ仮に乙類の仮名であっても、甲類・乙類の仮名の混用は少なくないので、それを理由に「柵戸」を否定することはできない。

現に、本歌の直前にある3352番歌の第2句の原文「須我能安良能尓」は「須我の荒野に」と訓まれているが、「『野』は甲類なのに、原文で『安良能』と、乙類の『能』を書くのは仮名違い。」（『日本古典文学全

集』）と指摘されているが、仮名違いのまま訓解されている。澤瀉注釋も、この歌においては、「『安良能』は荒野であり、『野』は甲類のノであるが、ここには乙類のノ（能）が用ゐられてゐる事が注意せられる。」と仮名違いの訓解を認めているのである。

定訓は、第2句・第3句の原文「伎倍乃波也之尓　奈乎多弖天」を「伎倍（あるいは寸戸）の林に　汝を立てて」と訓んでいるが、疑問である。

また、結句の原文「移乎佐伎太多尼」の末尾の「尼」を「ね」と訓んでいることも疑問である。

なお、中西進『万葉集全訳注原文付』は、定訓に従い「あらたまの伎倍の林に汝を立てて行きかつましじ寐を先立たね」と訓み、「あらたまの伎倍の林にお前を立たせたままでは、私は行くことができない。まず共寝をしようよ。」と訳しているが、「別案、ハヤシは『囃』で、伎倍の祭事に女が指名され出かける折の男の歌。」とも注記している。

■新訓解の根拠

「伎倍」は「柵戸」と訓む。「麁玉」も、「伎倍」あるいは「寸戸」も地名ではない。

だいたい「麁玉」の「伎倍」でも、「寸戸」（2530番歌の表記）でも、同じ「きへ」という固有名詞が異なる漢字で表記されていることが、不審である。

2530番歌で述べたように、「柵戸」は「柵の戸」（きのへ）のことで、「蝦夷（えみし）に備えるために、奥州地方に設けた城柵の中に付属させた民家。または土着させた屯田兵。」（『古語大辞典』）、「奈良時代以前、朝廷が辺境経営のためにおもに奥羽地方に設けた柵（＝砦）の中に移住・土着させた人々。防衛と開拓を兼ねた。」（『古語林』）といわれている。

この歌に詠われている遠江国は奥羽地方ではないが、『日本書紀』の大化3年に「淳足柵を造りて、柵戸を置く。」および同4年に「磐舟柵を治りて、蝦夷に備ふ。遂に越と信濃との民を選びて、初めて柵戸に置く。」（『岩波文庫　日本書紀』）とあり、淳足は今の新潟市、磐舟は新潟県村上市にあった地名であるから、奥羽地方以外の所にも柵戸が

設置されていたこと、その柵戸に信濃の民が選ばれて徴用されていたことが分かるのである。

　板橋源『柵戸考』によれば、奈良時代には出羽柵に尾張・東海の民が徴用されていたとの記述があり、遠江の国は信濃・尾張に近い東海にあり、この歌の作者が柵戸に選ばれた民であった可能性は極めて高い。

　したがって、第2句の「伎倍乃波也之尓」は「伎倍の林に」ではなく、柵戸に選ばれた栄誉のことであり、「柵戸の栄しに」と訓み、「汝を立てて」ではなく、そのことが人々に評判になった意の「名を立てて」と訓む。

「栄し」の用例は、3885番歌「波夜詩」「波夜斯」「波夜志」「波夜之」にある。

「名」に「奈」の字を用いた例として、3718番歌「奈尓許曾安里家禮」（名にこそありけれ）がある。

　結句の「**尼**」は音により、願望の終助詞「**に**」と訓むべきである。「ね」と訓んでも願望の意はあるが、結句の他の文字はすべて音で訓んでいる。

　この歌は、柵戸の設置という歴史的背景を知らなくては、正解できない。

前掲歌のつぎにある歌。

新しい訓

> 柵戸人の　斑衾に（まだらぶすま）　綿さはだ　入りなましもの　妹が小床に

新しい解釈

> 柵戸人が用いている上質の布団に、綿が沢山入っているように、自分も妹の寝床に沢山入ってゆけたらなあ。

■これまでの訓解に対する疑問点

初句の原文「伎倍比等乃」を、定訓ではやはり「伎倍（あるいは、寸戸）人の」と訓んで、「伎倍」（あるいは、「寸戸」）という地名に住んでいる人と解している。

しかし、地名に「人」を付けて呼ぶことは稀なことであり、余程、「伎倍」あるいは「寸戸」が大きく、特徴のある地でなければ、そのように呼称しない。

例えば、55番歌において、紀の国の人を「紀人」と言っても、亦打山に住む人を「亦打人」とは言わない。

また、「伎倍人の　斑衾に　綿さはだ」と詠っており、「伎倍」を地名と考えた場合、伎倍に住んでいる人が、他の地の人より綿の沢山入った衾を用いていることになるが、そのような状況は、その地が綿の産地であったことが証明できない限り、考え難い。「寸戸人の」でも同じである。

■新訓解の根拠

「伎倍比等」は「柵戸人」と訓む。

　前掲『柵戸考』によれば、柵戸に移配される人を、それまでは選ばれた良民の戸の単位で「柵戸」と称呼されていたが、天平宝字２年、浮浪人が移配されるようになってからは、人単位で称呼されるようになったので、「柵戸人」と言われるようになった。

　柵戸人は寒い辺境の地で、外敵の防御という厳しい勤務にあたるため、寝具は一般の民が用いているものより、綿の多く入ったものが支給されたものと思われ、そのことは当時の人に知られていたのであろう。

東歌で「相聞」の部にある歌。駿河国の歌である。

新しい訓

> 　富士の嶺の　いや遠長き　山道（やまぢ）をも　妹がりとへば　**怪に呼**
> **ばず來ぬ**（け）

新しい解釈

> 　富士の嶺の麓の、遠い遠い長い山道をも、妹の許へ行くと思
> へば、**森の物の怪に遇わずにやって来られた。**

■これまでの訓解に対する疑問点

　結句の原文**「氣尓餘波受吉奴」**に対して、多くの注釈書は「けによは
ず来ぬ」と、「氣」を「け」と訓んで、「息」の意とするものである。

　そして「によはず」を、「によふ」の打消しの「あえがず」の意に解
している。

　しかし、「氣」を息の意に解するときは、「いき」と訓むべきで、「け」
と訓んだ場合は、「息」の意はない。

　また、『日本古典文學大系』、『新潮日本古典集成』、中西進『万葉集全
訳注原文付』は「日によばず來ぬ」と訓んでいるが、「氣」を「日」の（け）
「け」と訓むことはありうる。

　しかし、何日も、あるいは一日も必要ないとの解釈であるから、「及
ばず」の「お」を省いた表現である「よばず」はありえても、「そこま
でする必要がない」の意の慣用句「に及ばず」の場合、「お」を省いて
「によばず」はありえない。

■ 新訓解の根拠

「氣」を「怪（け）」と訓む。「怪」は「物の怪」の「怪」。

　富士山の麓は今でも深い樹林帯があり、「青木ヶ原」などに入り込むと不気味で恐ろしい物の怪が呼んでいるように感じる。

　歌の作者は、そんな物の怪に呼ばれそうな長い山道を遠くまで歩いてきたが、妹のところへ行くと思えば、楽しい気持ちになり、物の怪に呼ばれずに妹のところにやって来られた、と詠んでいるものである。

　この歌は、鬱蒼とした深い樹林帯の道を一人で歩いたことのない人には、訓解できない歌である。深く暗い樹林帯では、行く先の樹間から漏れた陽が林道の傍らの草木を人影のように浮かび上がらせていることがあり、草木が揺れると、人影や物影が動いたように見えることがある。

　それは、不安な、寂しい心理状態が招くものであるが、この歌の作者は妹と逢える喜びがいっぱいで、不安や寂しさが全くない状態であったのである。すなわち、物の怪に呼ばれるものであるとともに、自分が物の怪を呼ぶものでもあるが、この歌の作者は物の怪に遇わずに来たと詠んでいるものである。

東歌で「相聞」の部の歌。駿河国の歌である。

新しい訓

> ま愛(な)しみ　**寝らくは時化(しけ)らく**　さ鳴(な)らくは　伊豆の高嶺の鳴沢なすよ

新しい解釈

> （あの娘を）愛しいのに**共寝することは少ないことで**、噂になることは、伊豆の高嶺の沢の音のように激しいことよ。

■これまでの訓解に対する疑問点

　この歌は、動詞を名詞化する「ク語法」を三つも用いた歌で、最初の「寝らく」、最後の「さ鳴らく」は語義が明らかであるが、中間の「しけらく」（原文は、「奴良久波思家良久」）については、その語義は、つぎのように注釈書によって分かれている。

　　『日本古典文學大系』、澤瀉久孝『萬葉集注釋』
　　　「はしけらく」の「ら」を衍字として「はしけく」と訓み、「寝らく愛しけく」のことで、寝ることが可愛いと解釈している。
　　『日本古典文学全集』
　　　シケリのク語法。シケリは、頻繁に繰り返す意のシクにアリがついた形か。
　　『新潮日本古典集成』、伊藤博訳注『新版万葉集』
　　　「及きあり」の詰った「及けり」のク語法か。「及く」はしきりに繰り返す意。解釈は「寝たのはしょっちゅう。」
　　『新編日本古典文学全集』

シケラクは未詳。頻繁に繰り返す意の四段動詞シクの完了態シケ
リのク語法か。字余り。

『新日本古典文学大系』

　　「しけらく」の意味は未詳。「頻（しき）る」のク語法か。口語
　　訳は「度々のことだ」と仮に付けておく。

中西進『万葉集全訳注原文付』

　　「しげる」（繁）の反対語で「しける」なる語があったか。シケシ
　　（神武紀）と同根か。まばらであること。解釈は「共寝すること
　　は僅かで」

伊藤博訳注『新版万葉集』

　　「及けらく」は「及きあらく」の意か。「及く」は次から次へと繰
　　り返す意。

『岩波文庫　万葉集』

　　語義未詳。「頻（しき）る」の方言形のク語法と見ておく。

　以上の訓解に対し、「はしけく」と訓むことは初句に「ま愛しみ」と
あるのに、「ら」を衍字にして、さらに「愛し」と訓むことは異常であ
る。

「しけり」はその語の存在に疑いがあり、また本体歌は「さ寝らくは
玉の緒ばかり」、次掲の一本日歌も「逢へらくは　偶の惜しけや」と、
「寝らく」「逢へらく」を短い時間、偶にであると詠んでいるのに、この
歌だけが頻繁に寝ていると解することは不自然である。ただし、中西説
は的を射ている。

■ 新訓解の根拠

「思家」は「時化る」（しける）のことで、「思家良久」を「時化らく」
と訓む。

「時化」は海が荒れることであるが、それは不漁のことを意味し、物が
少ないこと、乏しいことに用いられる。今でも「シケた奴」といえば、
「不景気な奴」、「みみっちい奴」を意味する。

　この歌は駿河国の歌であるから、万葉の時代から駿河の海で働く人々
の間では「しけ」という言葉があり、物事の少ない意に用いられていた

と考えられる。

　したがって、「寝らくはしけらく」は共寝することが少ないこと、の意である。

東歌で「相聞」の部の歌。駿河国の歌である。

新しい訓

逢へらくは　**偶（たま）の惜しけや**　恋ふらくは　富士の高嶺に　降る雪なすも

新しい解釈

逢うことは**偶にであって心残りであることよ**。逢いたいと思っていることは、富士の高嶺に降る雪のようにいつもであるのに。

■これまでの訓解に対する疑問点

　定訓は、第2句の原文「多麻能乎思家也」を、「玉の緒しけや」と訓んで、「玉の緒及けや」は「玉の緒も及ばない短さなのに」と解釈しているが、疑問である。

　現に、『岩波文庫　万葉集』は「家」は甲類の仮名であるのに、「及け」のケは乙類であり、疑問がある、としている。

■新訓解の根拠

「**多麻能**」を「**偶の**」の「**たまの**」と訓む。

「たまたま」は「まれに」「偶然に」「運よく」の意（『古語大辞典』）である。

　1780番歌に「邂尓」（たまさかに）の例がある。

　この歌は「逢へらく」と「恋ふらく」を対比して詠んでおり、前者は「たまたま」であるのに、後者は富士の高嶺に降る雪のように「つね」ないし「たびたび」であるというものである。

前者を定訓による解釈により「短い」と解すると、後者は「長い」ことを対比していることになるが、富士の高嶺に雪が長く積もっていると詠んでいるとは解し難い。

　「乎思家」は「をしけ」と訓み、「惜しけ」は3558番歌「由加婆乎思家牟」（行かば惜しけむ）に同表記の用例がある。

　「偶の惜しけや」の「の」は、同格の格助詞で、「や」は、詠嘆・強調の間投助詞。

東歌で「相聞」の部にある歌。駿河国の歌である。

新しい訓

> 駿河の海　**押しへに生ふる**　浜つづら　汝^{いまし}を頼み　母^{たが}に違ひぬ

新しい解釈

> 駿河の海を**押さえ付けるように、海に向かって生えている**浜つづらの群生、そのように、私はあなたを信頼したので、母を押さえ付けるように母に背いて来ました。

■これまでの訓解に対する疑問点

注釈書は、第2句の原文「**於思敝尓於布流**」の「於思敝」を「おしへ」と訓んで、「磯辺」のことと解している。

各注釈書の注釈は、つぎのとおり。

『日本古典文學大系』	駿河国ではイ列音とオ列乙類音とが交替する例がある。ここもそれ。
『日本古典文学全集』	イソへの母音が前後入れ変わった形。同じような例に、コエダ（小枝）── コヤデ（3493）などがある。
澤瀉久孝『萬葉集注釋』	古典文學大系説を引用。
『新潮日本古典集成』	「いそへ」の訛り。
『新編日本古典文学全集』	イソへ（磯辺）の母音の位置が前後入れ替った形。
『新日本古典文学大系』	代匠記以来、「おしへ」は「いそへ」

23

と解している。（前掲古典文學大系
の解説を引用）

中西進『万葉集全訳注原文付』　「オシ」は「イソ」の訛り。
伊藤博訳注『新版万葉集』　　　イソへの訛り。
『岩波文庫　万葉集』　　　　　「おしへ」は磯辺の意か。駿河国の
　　　　　　　　　　　　　　　方言かも知れない。

　いずれも、母音転換、訛り、方言を理由にしている。
　第３句で「浜つづら」と表現しているので、「つづら」が生えている
所はそれで十分表現されており、「おしへ」を「磯辺」と訓むことは
「浜」と重複する。
　さらに、根本的には、この歌の作者が「汝を頼み　母に違ひぬ」と詠
むことについて、「おし辺に生ふる浜つづら」をなぜ持ち出したのか、
を考えてみる必要がある。

■新訓解の根拠
　「**於思**」は「押す」の連用形「**押し**」で、「押し付ける」「圧倒する」
（『古語大辞典』）の意がある。
　「**敝**」は名詞「へ」の「方」で、「イヅヘ（何方）・ユクヘ（行方）など
行く先・方面・方向の意に使われ、移行の動作を示す動詞と共に用いら
れて助詞『へ』へと発展した」（『岩波古語辞典』）もの。
　「に」は状態を表す格助詞。
　したがって、上３句は「駿河の海　押しへに生ふる」で、駿河の海を
押さえつけるように広がって生えている、の意である。
　3434番歌では、「山つづら野を広み延ひし」と、山において野に広々
と生えている「つづら」を詠んでいるのに対し、本歌では海を圧倒する
ように浜に生えている「つづら」を詠んでいる。
　作者は、下２句で、自分の母の意に反して、あなたを頼りにしたと
詠っている。それは、海は古今東西、母を連想するもので、その海をも
押さえつけるように力強く生えている浜つづらの姿に、母親の思いを押
さえつけるように母親に背いた自分の姿を見ているのである。
　多くの注釈書は、浜辺の蔓草は「長く絶えない」ことの序であるとし

ているが、結句に「あぜか絶えせむ」と詠んでいる3434番歌とは異なり、本歌で「汝を頼み　母に違ひぬ」と詠んでいることに直接結びつかない。

　また、「於思」は自分の「思い」を押し通した意の用字であろう。

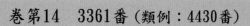

東歌で「相聞」の部にある歌。相模国の歌である。

新しい訓

> 足柄の　をてもこのもに　さすわなの　**可成るましづみ**　子ろ我れ紐解く

新しい解釈

> 足柄山のあちらこちらにわなを仕掛けて、**掛かった獲物が十中七八抵抗を止めておとなしくなる**、そのころ、わたしは娘子の紐を解きます。

■これまでの訓解に対する疑問点

　第4句は、一字一音表記で「**可奈流麻之豆美**」であるから、「**かなるましづみ**」と仮名読みすることは動かないが、その語義は必ずしも定かではない。

『日本古典文學大系』	「騒がしい間をこっそりと」
『日本古典文学全集』	「音が静まってから」
澤瀉久孝『萬葉集注釋』	「人の騒ぎが静まって」
『新潮日本古典集成』	「鳴り響く、その間の静まるのを待ってから」「か鳴る間静み」の意か。
『新編日本古典文学全集』	「仮に、周りがざわめいている間、の意と解しておく。」
『新日本古典文学大系』	「難解である。現代語訳を保留する。」

中西進『万葉集全訳注原文付』	「罠のようにとどろく、人の噂が静かな間に」
伊藤博訳注『新版万葉集』	「鳴り響く、その間の静まるのを待って」
『岩波文庫　万葉集』	語義未詳

■新訓解の根拠

「**かなる**」は「**可成**」で、その意は「十分と言えないが、一応の水準に達しているさま。」(『古語大辞典』)、「十中七八は出来上がったこと。」(『岩波古語辞典』)である。

「可成」は「かなり」と辞書に掲載されているが、「り」が「る」に訛る例は、防人歌である4420番歌に「許禮乃波流母志」(これのはるもし)が「これの針持ち」のことで、「針」の「り」が「る」と訛っていることにみられる。

「ま」は、接頭語の「真」の「ま」。

　この歌は、あちらこちらで、女性に手を出して自分のものにしている男性が、そのときの状況を、罠に掛かった獲物が初めは抵抗するので、すぐ手を出すことはできないが、そのうちほとんど抵抗しなくなる状況になって、はじめて獲物を手に入れることができると、比喩的に詠んでいる歌である。

　すなわち、一首の歌意は、足柄山のあちらこちらに仕掛けた罠に掛かった獲物が、十中七八、抵抗が鎮まるようになる、それと同じように鎮まった娘子の紐を吾は解く、というのである。

「許呂」は「児ろ」で、娘子のこと。3368番歌に「児ろ(故呂)がいはなくに」がある。

　歌意は、「吾は娘子の紐を解く」であるが、鎮まった「頃」を掛けるために「ましづみ」の後、「吾」の前に「ころ」をもってきている。「あの子と私と紐を解くことだ。」(澤瀉注釋)ではない。

巻第20　4430番

防人の歌である。

新しい訓

> 荒し男の　いをさ手挟み　向ひ立ち　**可成るましづみ**　出でてと我が来る

新しい解釈

> 勇猛な男が矢を手に挟んで的に向かい立つときのように、**不安がかなり鎮まったので**、さあ出発するぞと私は家を出て来た。

■これまでの訓解に対する疑問点

　第4句の「かなるましづみ」に対し、家人の騒ぎが静まったのでと解する注釈書もあるが、未詳とするものもある。

■新訓解の根拠

　第3句までは、第4句の「可成るましづみ」を導く序詞である。

　男が弓に矢をつがえて、構えて的に向かい立つとき、的に中るかどうかの不安を十中七八鎮めたときに矢を放つことを、序にしている。

　防人に出征することになった男も諸々の不安が十中七八鎮まったので、さあ出発するぞと決意して私はやってきたのだ、と詠っているものである。

　結句の「出でてと我が来る」の「いで」は、自己の決意を示す言葉（『古語大辞典』）であり、家人の騒ぎが静まったからではなく、自分の不安が鎮まったことを表している。

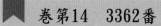

東歌の「相聞」の部にある歌。相模国の歌である。

新しい訓

> 相模嶺の　**小峰見え届し**　忘れ来る　妹が名呼びて　吾を音<ruby>あ<rt></rt></ruby>し泣くな

（吾を音 = あ を ね）

新しい解釈

> 相模の山の**峯が見えて心が負けてしまい、**忘れようとして来た妹の名を呼んで、私を声をあげて泣かせるな。

■これまでの訓解に対する疑問点

　第2句の原文「**予美禰見所久思**」は、諸古写本において一致している。

　この句の「所」について、『日本古典文學大系』は「可」の誤字として「見かくし」と訓み、「見て見ぬふりをして。ここまで序。忘レを導く。」と解している。

　これに対して、澤瀉久孝『萬葉集注釋』は、「所」を「そ」と訓み、「見所久思」は「見退くし」（遠く見やる）の意とする西宮一民氏の説に従うべきとしている。

　故郷の山を見て家人を偲ぶことは古今において同じであるが、上記両訓解は、故郷の相模の山を「見ぬふりをして」あるいは「遠くを見やる」ことにより妹の名を呼ぶというもので、不自然である。

■新訓解の根拠

「**所**」を「**え**」と訓み、第2句は「**小峰見えくし**」である。

「見え」は「見ゆ」の連用形。

「くし」は、「くす」が「くっ（屈）す」の促音無表記である、その連用形であり、「めいる。心がくじける。」の意である（『古語大辞典』）。

　歌の作者は、妹との辛い別れをして相模の故郷を離れ、もう妹の名をこれからは忘れようと決意してやって来たが、まだ相模の山の峰が見えるので、妹のことを思い出し、心がくじけてしまいそうだ、と詠っているものである。

　その切ない気持ちを、相模の山に対して、私を妹の名を呼ぶようにして、声をあげて泣かせないでくれ、と訴えているのである。

　なお、この歌には「或本歌曰」として、つぎの歌がある。

　　　武蔵嶺の小峰見隠し忘れ行く君が名かけて吾をねし泣くる

　この歌は、故郷の武蔵の山も見えなくなったところを旅している君（夫）は、故郷のことも忘れゆくのではないかと偲び、君の名を心に浮かべて私は声をあげて泣いている、と詠んでいる妻の歌である。

　この歌の第２句の原文が「**乎美禰見可久思**」であることを、本体歌の「所」を「可」の誤字とする根拠の一つとしているが、歌の作者の立場および状況が違う歌であり、同一に論じられないものである。

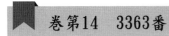

東歌の「相聞」の部にある歌。相模国の歌である。

新しい訓

> 我が背子を　大和へ遣りて　**待つしだす**　足柄山の　**過ぎの**
> **此の間か**

新しい解釈

> 私の夫を大和へ出発させて、**帰って来る準備をしている、**
> 〈足柄山の〉**杉の木の間のように、すぐ此の間が過ぎるかどう**
> **か。**

■ これまでの訓解に対する疑問点

多くの注釈書は「待つしだす」を語義未詳としている。

各注釈書における一首の解釈は、つぎのとおり。

『日本古典文學大系』
　　わが背子を大和へ遣って**待ちつつ立つ**足柄山の杉の木の間よ、ああ。

『日本古典文学全集』
　　あの方を　大和に発たせて　**まつしだす**　足柄山の　杉の木の間であることよ。

澤瀉久孝『萬葉集注釋』
　　わが背子を大和へ出してやつて、**待つ時は（私が待つのは）**、足柄山の杉の木の間よ。

『新潮日本古典集成』
　　あの方を大和へ行かせてしまい、**私が待つのは**、松ならぬ、足柄

山の杉の木の間なのか。

『新編日本古典文学全集』
　　あの方を　大和に送り出して　**まつしだす**　足柄山の　杉の木の
　間よ。

『新日本古典文学大系』
　　我が背子を大和へ旅立たせて「**まつしだす**」足柄山の杉の木の間
　よ。

中西進『万葉集全訳注原文付』
　　わが夫を大和へ送り出して**まつしだす**、足柄山の杉の木の間よ。

伊藤博訳注『新版万葉集』
　　いとしいあのお方を大和へ行かせてしまい、**私がひたすら待つ折
　しも、何と、私は、松ならぬ**、足柄山の杉 —— 過ぎの木の間なの
　か。

『岩波文庫　万葉集』
　　我が背子を大和へ旅立たせて、「**まつしだす**」足柄山の杉の木の
　間よ。

　古典文學大系、澤瀉注釋、新潮古典集成および伊藤訳注は「まつしだ
す」を一応「待つ」の意に解釈しているが、他は原文のままで、訳を付
していない。
　また伊藤訳注は、唯一、結句の「杉の木の間か」の「杉」に時の「過
ぎ」を絡めて解釈しているが、その解釈は十分明らかとはいえない。

■ 新訓解の根拠
　第３句の原文「麻都之太須」の「まつしだす」は、「待ちしだす」と
解釈する。
　東国語では、イ列音がウ列音に転じる例が多く、そのことは前記澤瀉
注釋にも記述されている。
　「**しだす**」は「**仕出す**」のことで、準備するの意（『古語大辞典』）。
　そこで、「待ち仕出す」を、大和へ行った背子の帰りを待つ準備をす
ることの意と、解釈する。
　つぎに下２句の「足柄山の　すぎの木の間か」の解釈に、この歌のつ

ぎにある3364番歌が示唆を与えてくれる。

　　3364　足柄の箱根の山に粟蒔きて実とはなれるを粟無くもあやし

　この歌は、足柄の箱根地方の産物である粟の「実」に恋が実ったことを掛け、それなのに逢えないと「粟」に「逢は」を掛けて詠んでいる。
　それゆえに、この歌の前にある3363番歌においても、「すぎ」は足柄山の産物である「杉」を持ち出して、相聞の歌を詠んでいるものと十分推測できる。
　すなわち、「須疑乃木能末可」は、「杉の木の間か」と足柄山の産物である杉を詠み、杉林の樹間から背子の帰ってくる姿を見ることを連想させているが、それだけの訓では、一首の解釈は十分ではない。
　「すぎのこのまか」を「過ぎの此の間か」とも訓んでこそ、「わたしの夫を大和へ遣って、帰りを待つ準備をしているが、その日々はすぐに過ぎるかどうか」と解釈できるのである。
　「過ぎの此の間か」は、「杉」に「過ぎ」を、「木の間」に「此の間」を掛けて、足柄山の産物を裏に詠み込んでいることを知るべきである。
　万葉集において、「過ぐ」「過ぎ」を引き出すために「杉」を詠っている歌が、422番歌、1773番歌および3228番歌にある。
　「此の間」の「此の」は、自分に最も近いものを指示する語（『旺文社古語辞典新版』）で、この歌の場合、背子を待つ準備をしているときから、背子が帰ってくるまでの短い間のことをいっている。
　同様の「小間（古麻）に逢ふものを」の例は、3535番歌にある。
　「か」は、疑念を意味する「終助詞」で、「……かどうか」の訳となる。
　この歌は、定訓のように「杉の木の間か」と訓んだだけでは、一首の解釈が成立しない。「過ぎの此の間か」というもう一つの訓の存在を知らず、「杉の木の間か」と訓んだだけでは、この歌を訓んだことにはならないのである。

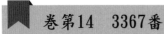

東歌の「相聞」の部にある歌。相模国の歌である。

新しい訓

> 百_{もも}つ島　足柄小舟　**有るき多み**　目こそ離_かるらめ　心は思_もへ
> ど

新しい解釈

> 多くの島を巡る足柄小舟のように、**君は暮らしに忙しく**、心
> では私のことを思っているが、疎遠になっているのでしょう。

■これまでの訓解に対する疑問

　第3句の原文は「**安流吉於保美**」であり、定訓は「歩き多み」と訓ん
でいる。

　そして「歩き多み」を、「ここは男が女性を求めてさすらい行くこと
をいう。」(『日本古典文学全集』)のように解釈している注釈書が多い。

　しかし、この解釈には、つぎの疑問がある。

1　海上を行く足柄小舟を序詞としているのに、地上をゆく「歩き
　　多み」では不自然である。
2　歌の作者の相手の男が、他の多くの女性を求めて歩き廻ってい
　　る歌趣であるとすれば、歌の作者が歌詞に「安」「吉」「美」な
　　どの好字を選んで用いていることが不可解である。また、一首
　　の他の歌句に男を詰る、恨むような詞がない。

■新訓解の根拠

「安流吉於保美」の「**安流吉**」を「**有るき**」と訓む。

　「有るき」の「有る」は、「有り」の連体形で、「暮らす」の意があるが、さらに「世に有り」は、「存在がきわだっている。時めいて暮らす。立派な生活をする。」（以上、『岩波古語辞典』）の意がある。

　本歌の「有る」は、歌の相手の君が、このように時めいて忙しく暮らしていることを「有るき多み」と詠んでいるのである。「き」は「気」あるいは「機」で、状態のことである。

　杉の木で造った足柄地方の船は、船脚が速いとされていた（『古語大辞典』 語誌 田村二葉）ので、忙しいことを導く序詞として用いられている。

　歌の作者の女性は、男性の訪れが久しくなったが、それは男性が有能で、仕事が忙しいためと評価しているので、前掲の好字を用いて詠んでいるのである。

　澤瀉久孝『萬葉集注釋』は、賀茂真淵『萬葉考』が「歩き多み」を「世中の事繁き」と解釈していることを紹介しているが、「不安な女心が示されてゐると見るべき」であるとして、賛同していない。

東歌で「相聞」の部にある歌。今の湯河原温泉を詠んでいる。

定訓

足柄の　刀比の河内に　出づる湯の　**よにもたよらに**　児ろが言はなくに

新しい解釈

　足柄の刀比の渓流の底から間欠的に湧きだしている湯のように、**決して、あの児は二人の関係について弛んだものの言い方**をしたわけではないが。

■これまでの解釈に対する疑問点

　第4句の原文は「余尓母多欲良尓」であり、注釈書の多くは「多欲良」を「たよら」と訓んで、「たよら」は「たゆら」と同じで、「揺れ動く」「定まらない」の意としている。

　温泉の湧き出している状態を、娘の揺れる気持ちに譬え、娘が「不安なものいひはしないものを……それだのに」と、恋する歌の作者が不安な気持ちを漂わしたものと解されている（澤瀉久孝『萬葉集注釋』）。

　古語辞典において、「たゆら」の用例は、つぎの歌一首が掲げられているのみである。

　　3392　筑波嶺の岩もとどろに落つる水よにもたゆらに我が思はなくに

ところで、この歌は「岩もとどろに落つる水」すなわち岩に大音を響かせ絶えず威勢よく流れ落ちる滝水のように、自分は思っていることを

36

詠んだ上で、それは「たゆらに」思っていることではないと詠んでいる
ものである。

　したがって、「たゆらに」は、「絶えず」とか「威勢よく」とかの意と
正反対の詞でなければならない。

　なお、『日本古典文學大系』は「絶ユとタユム（懈・倦・怠）のタユ
とかけた語。気が進まなくて二人の仲が絶えそうに。」と注釈し、中西
進『万葉集全訳注原文付』も「けっして絶えるようには、あの子は言わ
ないのだが。」と解している。

■新解釈の根拠
「たよらに」の「よ」は「ゆ」の訛りで、「たゆらに」と訓むことは定
訓と同じである。
「ゆ」を「よ」と訛っている例は、3350番歌「まよ」（まゆ）、3423番歌
「よき」（ゆき）がある。
「たゆらに」は、形容詞「たゆし」（弛し、懈し）の語幹「たゆ」に、
「(形容詞・形容動詞の語幹などに付いて) 情趣を表す名詞または形容動
詞語幹をつくる。」(『古語大辞典』) 働きをする「ら」が付いたものであ
る。例:「赤ら」、「賢しら」など。
「たゆし」は「疲れて力がないさま」「心の働きが緩慢なさま」（前同）
であり、歌の作者は、川の底から勢いよく絶えず噴出する温泉ではな
く、間欠的に力なく、緩慢に噴出している温泉の状態を、「たゆらに」
と表現しているのである。

　そして、この「たゆらに」の状態に、自分が付き合っている児ろが
時々みせる「力がない」「緩慢な」応答の状態を譬喩して、自分の児ろ
は「よにもたゆらに　児ろが言はなくに」と一応否定して詠んでいるの
である。

　しかし、歌の作者の男は、児ろが時々見せる「たゆらに」の状態を、
二人の関係に対して、児ろの気持ちが弛み始めているのではないかと心
配しているもので、児ろが二人の仲を絶えそうに言っていることではな
い。

巻第14　3392番

同じく東歌で「相聞」の部にある歌。常陸国の歌。

定訓

> 　　筑波嶺の　岩もとどろに　落つる水　**よにもたゆらに**　我が
> 思はなくに

新しい解釈

> 　（私の思いは、）筑波山の嶺の岩に大音を響かせて落ちる水
> です（絶えず激しい状態です）。**決して弛んだ気持ちで、私は**
> 思っていないのですよ。

■これまでの解釈に対する疑問点

　注釈書の多くは、「岩もとどろに　落つる水」のように「よにもたゆ
らに」と、第3句と第4句を「ように」で結んで解釈している。

　しかし、それでは「とどろに落つる」ことが「たゆらに」の譬喩にな
る。

　3368番歌においては「出づる湯の　よにもたよらに」と「出づる湯」
と「たゆらに」の間に、譬喩の格助詞「の」があるので譬喩に解しうる
が、本歌においては、「落つる水」であり、「落つる水の」ではないの
で、譬喩に解し得ない。

　したがって、「岩もとどろと音を立てて落ちる水のやうに、ゆらゆら
とゆらぐ思ひを私は持つてはゐませんに」（澤瀉久孝『萬葉集注釋』）、
「岩もとどろと鳴り響いて流れ落ちる水のように、漂って定まらないよ
うな気持ちを私はもっていないのに。」（『岩波文庫　万葉集』）との訳、
およびこれと同類の多くの注釈書の訳は相当ではない。

　すなわち、3368番歌においては、「河内に出づる湯」と「たよら」は

同義に用いているが、本歌において「岩もとどろに落つる水」と「たゆら」は同義ではないのである。

■新解釈の根拠

　この歌は、「筑波嶺の　岩もとどろに　落つる水」の３句切れである。

　この後に「のように、私は思う」の句が省略されている。

　すなわち、上３句では、歌の作者の思いを落ちる水のように「絶え間なく」「威勢がよい」と肯定して言い切っているのである。下２句はこれをうけて、決して「たよら」に思っていないと、否定形で言い換えているのである。

「落つる水」の状態と「たゆら」は対立の概念であり、「の」で結ぶべきではなく、結んでいないのである。

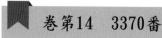

東歌で「相聞」の部にある歌。相模国の歌である。

新しい訓

> 足柄の　箱根の嶺ろの　にこ草の　**放つ妻なれや**　紐解かず
> **ねむ**

新しい解釈

> 遠く離れた足柄の箱根の嶺にある「にこ草」のように、**遠ざ**
> **けて触れられない妻であることよ**、（今夜は）紐を解かずに寝
> ることにしよう。

■これまでの訓解に対する疑問点

第4句の原文の一部「**波奈都豆痲**」は、江戸時代から「花つ妻」と訓
まれ、現代の注釈書もこれに従っている。しかし、いわゆる美しい「花
妻」なのに「紐解かずねむ」と詠っている理由について、各注釈書の見
解はつぎのように異なる。

『日本古典文學大系』	花のように眺めている妻。一説に、結婚以前に或る期間、厳粛な隔離生活をする、その目に見て許されない妻。
『日本古典文学全集』、『新編日本古典文学全集』	花のように美しいが抱いて寝られない妻、の意か。
澤瀉久孝『萬葉集注釋』	美しい花のやうにたゞ見るだけの妻であつたならば、の意

『新潮日本古典集成』	月の障り、神祭りの時など、触れてはならぬ期間の妻をいう。
『新日本古典文学大系』	「花妻（はなづま）」の語、既出（1541）、後出（4113）。
中西進『万葉集全訳注原文付』	初々しく匂わしい妻。
伊藤博訳注『新版万葉集』	触れてはならぬ期間の妻。
『岩波文庫　万葉集』	美しいだけの妻の意か。

　もともと、「花妻」と解することについては、つぎの疑問がある。
「花妻」と解する説は、1541番歌「花嬬」および4113番歌「波奈豆末」が「花妻」と訓まれていると掲げているが、これらの表記には「花」と「妻」の間に「つ」が入っていない。本歌の場合、「波奈都豆痲奈礼也」とあえて8文字の字余りにしてまで「都」を入れて表記しているのは意図のあることで、「花妻」のことを表記するのであれば「都」は必要ないことである。

■新訓解の根拠
「波奈都豆痲」を**「放つ妻」**と訓む。
「放つ」は「遠ざける」「離れた場所に行かせる」（『古語大辞典』）の意であるから、「放つ妻」は「遠ざけている妻」「離れている妻」のことで、その理由は新潮古典集成の前記説明のようなことであろう。
　上3句は序詞で、箱根の嶺の遠く離れたところにある「にこ草」のようにと、「はなつ」を導いている。また、「にこ草」は葉や茎が柔らかい草で、「放つ妻」は「若妻」であることを暗示している。
　なお、『古事記』（歌謡　27）にある歌の、つぎの句が参考になる。

　　「（前略）さ寝むとは　吾は思へど　汝が著せる　襲の襴に　月立ちにけり」

本歌も、この歌と同様に生理期間中の女性を詠んでいるものである。

東歌で「相聞」の部にある歌。武蔵国の歌である。

新しい訓

> 夏蘇引く　海傍を指して　飛ぶ鳥の　至らむとぞよ　吾が下
> 延へし

新しい解釈

> 〈夏蘇引く〉海のほとりに向かって飛んでゆく鳥のように、あ
> なたのところに行こうとしていたのだよ、私は心のうちでずっ
> と思って。

■これまでの訓解に対する疑問点

　ほとんどの注釈書は、上２句「奈都素妣久　宇奈比乎左之氐」の「宇
奈比」を地名とし、所在を不詳としている。ただし、中西進『万葉集全
訳注原文付』は、多摩川を挟む東京・川崎の地名と注釈している。

■新訓解の根拠

　巻第14の「東歌」の巻頭歌に、つぎの歌がある。

　　3348　夏麻引く海上潟の沖つ洲に舟は留めむさ夜ふけにけり

　上２句の原文は「奈都蘇妣久　宇奈加美我多能」で、本歌と対比し
て、初句は原文のうち「蘇」が「素」であることのほか同じ、第２句の
最初の二文字はどちらも同じ「宇奈」である。

　したがって、本歌の「宇奈」も「うな」と訓み、「海」であると断定
できる。

　続く「比」は接尾語の「び」と訓み、「回り。ほとり。」の意であり、「宇奈比」は「海傍」、海のほとりの意である。

　838番歌に「岡傍には」（乎加肥尓波）、4309番歌「可波備能」（川傍の）の用例がある。

　第4句の「曾与」の「ぞよ」は、「（終助詞的に用いて）提示して念を押す意を表す。」（『古語大辞典』）の意である。

東歌で「相聞」の部にある歌。上総国の歌である。

新しい訓

> 　馬来田（うまくた）の　嶺ろの笹葉の　露霜の　濡れて**分きなば**　汝は恋ふはぞも

新しい解釈

> 　馬来田の嶺の笹葉の露霜に濡れながら**押し分けて行くとしたら**、それは、あなたが（私を）恋しがっているからなのですよ。

■これまでの訓解に対する疑問点

　今も木更津市に、「馬来田」の地名が残っている。

　現代の感覚では、千葉県には東京方面から入り、かつ地図上も千葉市辺りが上方に位置しているので「上総の国」、木更津市辺りは「下総の国」であって然るべきと考えるが、万葉の時代は、陸上を行く今の東京回りではなく、三浦半島から船で房総半島に渡ったので、船が着く木更津辺りが上（京に近い）で、「上総」だったのである。

　定訓が第４句の「和伎奈婆」を吾来（わ）なばと訓むことについては、『日本古典文學大系』は「ワが格助詞をとらずに主格を示す例はない。」として「わ」を間投詞として訓み、澤瀉久孝『萬葉集注釋』は「『吾』が格助詞をとらない例はここ一つである」ことを認めた上で「音調の為に『我』を省略したものと見るべき」としている。

■新訓解の根拠

　「**和伎奈婆**」を「**分きなば**」と訓む。文法的には「分けなば」である

が、「け」を「き」と訛ったものである。「分け」は、「分く」の他動詞下二段活用形の連用形。

「な」は強調・確認の助動詞「ぬ」の未然形である。

「分く」には「障害物等を押し分けて道を進む。」（『古語大辞典』）の意がある。用例として、万葉集につぎの歌がある。太字は原文。

> 2153　秋萩の咲きたる野辺はさ牡鹿ぞ露を分け（**別**）つつ妻どひしける
>
> 4297　をみなえし秋萩しのぎさ牡鹿の露分け（**和氣**）鳴かむ高円の野そ
>
> 4320　大夫の呼び立てしかばさ牡鹿の胸分け（**和氣**）行かむ秋野萩原

「分きなば」は、仮定条件で「分けて行くとしたら」の意。

　結句の「故布婆」の「婆」は強調の係助詞の「は」と訓み、「恋ふは」である。

「婆」を「は」と訓む例は3627番歌「伊敝之麻婆」（家島は）などにある。

　結句の「ぞも」は、「詠嘆を込めて強く指定する意」（前同）である。

　なお、「げ」が「ぎ」に訛った例は、4365番「妹に告ぎこそ」、4384番「島陰を」がある。前者は常陸の国の防人の歌、後者は下総国の防人の歌で、いずれも本歌の上総の近くの国で、同じ訛りがあったことが考えられる。

　露に濡れた笹葉を押し分けて、男に逢いに行く理由を、女が男の所為にして詠っている歌である。女が、自分の恋心を詠った歌と単純に解すると、訓解が難しい歌となる。

「嶺ろの笹葉の」の「ねろ」は「寝ろ」を響かせている。

東歌で「相聞」の部にある歌。下総国の歌である。

新しい訓

> 　葛飾の　真間の手児名が　ありしはか　**真間の押す日に**　波もとどろに

新しい解釈

> 　葛飾の真間の手児名が生きていたときは、（手児名の輝きは）**真間にあまねく日を照らすように、**（手児名を見たさに）人々が真間に集まって波がとどろに打ち寄せるように、であったか。

■これまでの訓解に対する疑問点

　現代の注釈書は一致して、第４句の原文「麻末乃於須比尓」の「**於須比**」を「おすひ」と訓み、「磯辺の訛りか」と解釈している。

　しかし、具体的な根拠を示したものはなく、古語辞典にも他に用例が示されておらず、契沖『萬葉代匠記』の説に従っているだけである。

　澤瀉久孝『萬葉集注釋』による口訳は「葛飾の眞間の手兒名があつた時に、眞間の磯邉に波もとどろくやうにさわがれたことであらうか。」である。

■新訓解の根拠

「於須比（おすひ）」を訓解するにつき、つぎの歌が参考になる。

　　1074　春日山押して照らせるこの月は妹が庭にもさやけくありけり

　この歌の「押し」について、『古語大辞典』は「月や日があまねく照らす。」の意と説明している。

　私は、本歌の「**於須**」は、この「**押す**」であると考える。

　また、「比」は、15番歌「伊理比弥之」（入日いやし）、3561番歌「比賀刀禮婆」（日が照れば）、4020番歌「奈我伎波流比毛」（長き春日も）などにおいて、太陽の光あるいは明るさを表す「日」の文字として用いられている。

　したがって、「真間の押す日に」と訓み、真間をあまねく照らす日に、の意である。

　結句の「波もとどろに」は、波がとどろき寄せるように、の意。

　なお、第3句の「婆可」を、神宮文庫本、寛永版本は「可婆」と表記しているので「かば」と訓む説があるが、私は多くの古写本の原字により「はか」と訓む。

「は」は、「主題・取り立て」の係助詞、「か」は疑問の係助詞で、つぎに述べる「真間の押す日であったか」、また「波もとどろの日であったか」と二つの事柄を取り立て、かつ疑問を呈して、手児名が生きていた時の真間の情況が輝かしかっただろうと偲び、讃えているものである。

　下2句に、「〜に、〜に」と状況を表す「に」を二つ並べて、手児名がいた時の二つの状況を強調していることにも、注目すべきである。

東歌で「相聞」の部にある歌。常陸国の歌である。

定訓

> さ衣の　**小筑波嶺ろの**　山の崎　忘ら来ばこそ　汝を懸けな
> はめ

新しい解釈

> 〈さ衣の〉（嬥歌の時に寝た）小筑波の山の突き出たところを、
> 忘れてこられるものなら、あなたの名前を口にするようなこと
> もないでしょうが。

■ これまでの解釈に対する疑問点
　この歌に対する各注釈書の訳文は、つぎのとおりである。

『日本古典文學大系』	いつも見える小筑波山の山の崎が忘れられないように、お前を、無理にでも忘れて行くことができるならばこそ、お前の名を口に出さないだろうが。
『日本古典文学全集』	（さ衣の）筑波の嶺の　山端の道　忘れでもしたら　おまえのことを思わないだろうが
澤瀉久孝『萬葉集注釋』	筑波山の山の出鼻を忘れて来たならば、お前さんの事を心にかける事もなからうが。
『新潮日本古典集成』	小筑波の山の崎よ、お前を忘れ

	て行けるものなら、お前の名を口の端に懸けずにいられようが。（山の崎を妻に見立てた歌。そこに、妻を置いて旅行く男の心であろう。）
『新編日本古典文学全集』	（さ衣の）筑波の峰の　山端^{やまばた}の道に　忘れてさしかかりでもしたら　おまえのことを口に出さないだろうが
『新日本古典文学大系』	（さ衣の）筑波山の山の出鼻の道を　あなたのことを忘れて来たならば、あなたのことを口に出さないだろうが。
中西進『万葉集全訳注原文付』	さ衣の小筑波山の山の端、お前を忘れて来るのなら、そこで名を呼ぶこともないだろう。
伊藤博訳注『新版万葉集』	さ衣の紐の緒ではないが、小筑波の山の崎よ、お前さんを忘れて行けるものなら、お前さんの名前を口の端に懸けずにいられようが……。
『岩波文庫　万葉集』	（さ衣の）筑波山の山の出鼻の道を、忘れて来たならおまえの名前を口にしないだろうが。

　どの訳文も、この歌の情景把握が不十分であるため、訳文から歌の内容を明確に理解することは困難である。
「小筑波嶺ろの　山の崎」と、地名を特定してこの歌を詠った作者が、何を意図してその地名を掲げているのか、の考察が欠けているのである。
　古典文學大系は、いつも見える山であること、新潮古典集成は、山の崎を妻に見立てたと、それぞれ指摘しているが、的を射ていない。

■新解釈の根拠

　筑波山は、古来、男女が媾歌（かがひ）をする山として知られている。本歌および続く3395番歌、3396番歌の３首は、筑波山の媾歌に関する歌である。

　本歌の前にある筑波の歌６首は「筑波嶺」が５首、「筑波山」が１首であるが、本歌には「小筑波嶺ろの」、3395番歌には「小筑波の嶺ろに」と詠われている。

「嶺ろ」を付加しているのは、両歌は媾歌であるため、「嶺ろ」に「寝ろ」を響かせているためである。本歌の初句の枕詞の「さ衣の」も媾歌を連想させる詞。

「小筑波の嶺ろに」と詠った3395番歌に「また寝てむかも」と詠われていることも「嶺ろ」が「寝」を響かせている証左である。

　したがって、「小筑波嶺ろの　山の崎」は、歌の作者が歌に詠っている「汝」（女性）と媾歌したことのある思い出の場所であるのである。

　その場所を忘れてしまっていたなら、あなたの名前を口にしないでしょう、の意味である。

東歌で「相聞」の部にある歌。常陸国の歌である。

新しい訓

> 　小筑波の　嶺ろにつくたし　**間よは**　さはだなりぬを　また
> 寝てむかも

新しい解釈

> 　燿歌(かがひ)の場である小筑波の嶺において、**あんなに交わった期間
> より数多の日が経った**ので、またきっと（あの人と）寝ること
> ができるだろうかも。

■ これまでの訓解に対する疑問点

　3388番歌から3393番歌までの6首について、「筑波嶺」または「筑波
山」と詠まれているが、本歌を含む3394番歌から3396番歌の3首には、
「小筑波」と詠まれている。筑波山は万葉のころ、1759番歌に詠われて
いるように「燿歌(かがひ)」で知られていたところであるので、「小筑波」とい
う表記は、「燿歌」が行われたところを、親愛の気持ちをこめて呼称し
ているものと考える。

　「小筑波の　嶺ろ」の「嶺ろ」は場所とともに「寝ろ」を響かせてお
り、「小筑波の　嶺ろ」は燿歌の場所であったことを、暗示している。

　さて、第2句の「都久多思」（つくたし）は、定訓では「月立ち」の
訛りであると解されてきた。

　そして、第3句「安比太欲波」（あひだよは）は「間夜」と解され、
間夜は、「逢う夜と逢う夜の間」（『日本古典文學大系』）、「前に逢った時
からの夜々」（『日本古典文学全集』）などと解されているが、「間夜」の
詞は、他に使用例がなく（『岩波文庫　万葉集』）、どの古語辞典にも登

載されていない。

　また、この訓により「月が出て、逢わない夜は数多になったが、」（『新日本古典文学大系』）の意に解釈しているが、月が出ることと、逢わない夜が、どういう状況で結びつくのか、説明が十分でなく不自然である。

　この説明として、『新潮日本古典集成』は「あの娘に月が立ち、逢えぬ夜は」と訳し、「新月が出る意で、『月経し』を懸ける。」と注釈し、伊藤博訳注『新版万葉集』もほぼ同じで、女性の生理を詠ったと解釈している。

■新訓解の根拠

　先ず「間」（あひだ）は、「期間」（『旺文社古語辞典』）の意味である。「欲波」（よは）の「よ」は、格助詞の「よ」で「より」と同じ。「は」は強調の助詞の「は」である。

「欲波」を、「よりは」の意に訓解する例は、3417番歌「與曾尔見之欲波」（よそに見しよは）にあり、「欲」を「夜」と訓解すべきではない。

「寝てむ」の「てむ」は、「きっと、……だろう。……することができるだろう。」の意（『古語大辞典』）。

　したがって、下３句の意が「期間より日が数多経ったので、またきっと寝ることができるだろうかも」であるから、上２句の意は、「燿歌（かがひ）」の嶺である小筑波でしたことが詠まれていると推定できる。

　そこで、第２句の「都久多思」（つくたし）の「つく」は、性交の意。「つく」が性交の意味であることは、3459番歌「稲つけば」、3550番歌「稲はつかねど」にその例がある。「稲つく」は「笠さす」と同様に、性交に関する隠語である。

「たし」は「（他の語について）そのことのはなはだしい意を表し、またその語意を強める」接尾語（『旺文社古語辞典新版』）で、名詞や動詞の連用形に付くので（『古語大辞典』）、「つきたし」であるが、「つくたし」と訛っているものである。

東歌で「相聞」の部にある歌。常陸国の歌である。

新しい訓

小筑波の　繁き木の間よ　発つ鳥の　**目行か汝（な）を見む**　さ寝ざらなくに

新しい解釈

　小筑波の山の繁った木の間より、飛び発つ鳥に心ひかれて、目を向けるように、繁った木の間から去って行く**あなたの姿に未練がましく視線を送ろう**、共寝しなかったわけではないのに。

■これまでの訓解に対する疑問点

　第4句の原文「**目由可汝乎見牟**」の「目由可」を定訓は「目ゆか」と訓んでいるが、疑問である。

「目ゆか」の意を、「目で見るだけでおれようか、の意であろう。」（『日本古典文学全集』）に代表されるように、現代のほとんどの注釈書は「目で見るだけ」の意に解している。

　しかし、「ゆか」の「ゆ」に対し手段を示すと注釈（前同）するだけで、どの注釈書も「ゆか」を「見るだけ」と解釈できる理由を明らかにしていない。

　なお、中西進『万葉集全訳注原文付』は、「人目多い中でよそながらお前を見るのか」と訳し、「ゆか」を「によって。以上たくさんの他人の間をくぐり抜けて見る比喩。」としている。また、結句の「さ寝ざらなくに」は二重否定で、共寝したことであるのに、「共寝もできずに」と訳している。

■新訓解の根拠

「目が行く」という詞があり、「心をひかれて視線が向く」の意（『古語大辞典』）である。

　本歌の「目由可」は「目が行く」を「目行く」と約め、かつ「目行か」と訛ったものと考える。

　上３句の「小筑波の　繁き木の間よ　発つ鳥の」は、第４句の「目が行く」を導く序詞となっている。

　すなわち、燿歌の山である小筑波の茂った木の間から飛び出す鳥に心がひかれて視線を向けるように、燿歌の山の茂った木の間からあなたが去って行くのに心ひかれ視線を向けて見ようとしています、あなたと共寝しなかったわけではないのに、すなわち、あなたと十分共寝しなかったわけではないのに、去って行くあなたに未練がましく視線を送っている、の歌意である。

　結句の「左禰射良奈久尓」（さ寝ざらなくに）については、3735番歌に「美延射良奈久尓」（見えざらなくに）の例がある。

東歌の「相聞」の部にある歌。信濃国の歌である。

新しい訓

> **中砂に**<ruby>中砂</ruby>（<ruby>なかまな</ruby>）に　浮きをる舟の　漕ぎ出なば　逢ふこと難し　今日に
> しあらずは

新しい解釈

> **川の中にある砂地に**留められ浮かんでいる舟が、漕ぎだして
> 行けば、もう逢うことは難しい、今日のうちに逢わなければ。

■これまでの訓解に対する疑問点

　各注釈書ともに、初句の原文「中麻奈尓」の「麻奈尓」を「まなに」と訓むことは、異論がない。問題は「中」に対する訓で、つぎのとおりである。

「中洲（**なかまな**）に」
　『日本古典文學大系』

中洲——マナはマナゴ（砂）のマナと同じ。

「中麻奈（**ちぐまな**）に」
　澤瀉久孝『萬葉集注釋』

都竹通年雄氏の説を引用して「中麻奈はチグマナと讀むべきであつて千曲川の事であり、このナはアイヌ語の川という意味の語根が地名に殘つたものであろう」と云われてゐるのに從ふべきだと思ふ。

55

「千曲（ちぐま）なに」

『新潮日本古典集成』	「な」は川に親愛をこめていう接尾語か。
伊藤博訳注『新版万葉集』	ナは親愛の接尾語か。

「中麻奈（なかまな）に」

『日本古典文学全集』	水辺の地名であろうが、所在不明。
『新編日本古典文学全集』	川の名であろうが、どの川か不明。
中西進『万葉集全訳注原文付』	未詳の地名。麻奈（砂地）なる地名が信濃にあり、上中下に分ったか。砂地の様は「浮き居る」に適し、船のさまは絶えそうな下句の関係を示す。

（訓を付さず）

『新日本古典文学大系』	訓義未詳。信濃国の地名かと思われるが、未だ依るべき説はない。
『岩波文庫　万葉集』	信濃国の地名か。あるいは「千曲川」を言うとする説もある。

　このように、古典文學大系では「麻奈」は「砂」で、「中麻奈」は「中洲」であると訓解されていたが、その後に出版された澤瀉注釋において、「中麻奈」は地名として訓解されたため、その後の注釈書はすべて地名を想定している。

　なお、地名と考える論者は、東歌であるから歌の中に必ず地名が詠み込まれているという、先入観があるのではないかと思うが、東歌の冒頭歌3348番の「うなかみがた」も、3381番歌「うなび」も普通名詞であり地名は詠まれておらず、必ずしも地名は詠まれていない。

■新訓解の根拠

　本歌と同じ東歌に、つぎの歌がある。

3372　相模道の　余綾の浜の　真砂子なす（麻奈胡奈須）子らは愛
　　しく　思はるるかも

　すなわち、3372番歌において、「麻奈」は「まな」と訓まれ、「砂」
の意に解されている。ただし、同歌は、「胡」をつけて「まなご」と訓
んでいるが、「まな」は「愛」を連想させるので、人ではなく砂である
けれども、接尾語の「こ」（子）を付けて親しみある表現にしているも
のである。

　万葉集に、「まなご」と詠われている歌は2734番「細砂」を含め10首
あり、「愛子」と表記されている例が3首（1392番、1393番、3168番）
ある。

　そこで、本歌の「麻奈」も「砂」の「まな」で、地名ではなく、普通
名詞と考える。そしてそれに「中」を冠してできた「中麻奈」も特定の
地名ではなく、普通名詞であると考える。

「中」は川の流れの中の意で、「中砂」は「なかまな」と訓み、川の流
れの中に砂が積もってできた「中洲」の類いの砂地と解する。

　しかし、「中洲」との表記ではなく「中砂」であること、また、「浮き
をる舟」で中洲の上に引き上げられた舟と詠っていないことを考慮する
と、「中洲」といえるほどの大きさはなく、川の水面に砂地が少し顔を
出している程度、そこに舟の綱を石に結んで置き固定しているが、舟自
体は水面に浮いている状態であろう。

「中麻奈尓」を川の名として詠んでいるとすると、どの川に浮いている
舟であっても、漕ぎ出せばもう逢えなくなるのは当たり前のことで、歌
に詠むほどのことではない。この歌は、中洲とも言えない川中の小さい
砂地に留められ浮いている舟が、ほんのひと時の係留であることを、こ
の地にほんのひと時滞在している人（女）に見立てていることに興趣が
あるのである。

　行きずりにその地に流れきて留まっている浮浪の女性に心魅かれてい
る男が、その女性を「中砂に浮いている舟」に譬喩して詠んでいる歌で
ある。

　なお、「洲」あるいは「渚」と詠っている、本巻頭歌「海上潟の沖つ
洲に舟は泊めむ」、2831番歌「渚座船之」、3203番歌「渚尓居舟之」が

57

あるが、「舟は泊め」「座る船」「居る船」といずれも詠っているのに対し、本歌においては「浮きをる舟」と詠まれ、「中砂に泊め」、「中砂に座る」、「中砂に居る」と詠まれた歌でないことが、川の流れの中にある中砂が船体を引き上げられないほど、小さい砂地であることを示唆していたのである。

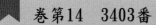
東歌で「相聞」の部にある歌。上野国の歌である。

新しい訓

> 　　吾が恋は　**まさかもかなし**　草枕　多胡の入野の　**父母にか
> なしも**

新しい解釈

> 　　私のホームシックは、**目の前に迫ってきてどうにもならない
> ほど悲しい旅である**、多胡の入野に居る、**父母に恋しさが募
> り、切なくてならないことよ。**

■これまでの訓解に対する疑問点
　定訓は、第2句の原文「麻左香毛可奈思」（まさかもかなし）の「ま
さか」を、「現在も」と解する関係で、結句の原文「於父母可奈思母」
の「父」を「久」の誤字（契沖『萬葉代匠記』の説）として「奥も」、
あるいは原文のまま「おふの」と訓んで「奥も」の転じたもの、訛りあ
るいは東国方言としている。
　代表的な訳文として、『岩波文庫　万葉集』のそれは、「私の恋は今
現在も切なく悲しい。（草枕）多胡の入野の奥、将来も悲しいに違いな
い。」である。
「奥」を「多胡の入野の奥」という場所を詠ったものではなく、結句の
「於父」を将来の意の「奥」に解する結果、東の国を詠った東歌ではな
くなり、見当違いである。
　それは、そもそも第2句の「まさか」を「現在」と訳することに、端
を発している。

■ 新訓解の根拠

　第２句の「まさか」は「目前・現前」で、「物事が目の前に迫ってど
うにもならないこと。」の意の副詞である（『岩波古語辞典』）。

　さらに、初句の「恋」は、「目の前にいない人や事物・場所などに心
引かれ、慕う気持ち。」（前同）であり、男女間の恋に限らない。本歌は
「古非」と表記されており、古里を恋しているもので、ホームシックで
ある。

「かなし　草枕」は、「上代では、シク活用の形容詞の場合は語幹（終
止形と同形）が、体言を修飾する。」（『旺文社古語辞典新版』）に該当
し、「かなしい旅」の意で、「草枕」は「多胡」の枕詞ではない。

　したがって、上３句の解釈は、「私のホームシックは、目の前に迫っ
てきてどうにもならないほど悲しい旅である」の意である。

　結句の「於父母」は「父母に」と訓む。「於○」を「○に」と訓む例
は、1961番歌「於君」（君に）、2209番歌「於花」（花に）、2307番歌「於
黄葉」（黄葉に）など多数ある。

　したがって、下句は「多胡の入野に住んでいる父母に恋しくて切なく
てなりません。」の意である。

「入野」は、「山間に入り込んで奥深い野」（『古語大辞典』）である。

　このように、この歌は上野国の多胡の入野に住んでいる両親を恋しい
と詠った典型的な東歌で、定訓の解釈のような男女の恋に関する抽象的
な、技巧的な歌ではない。

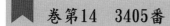

巻第14　3405番　　　　　　　　　　（地名説）

東歌で「相聞」の部にある歌。上野国の歌である。

新しい訓

> 上野（かみつけ）の　**予度（をど）の辻（たど）りが**　川路にも　子らは逢はなも　ひとりのみして

新しい解釈

> 上野の国の**予度にある迷路のような**川原の路ででも、あの娘と逢いたいなあ。人に見られず、あの娘一人のみと。

■これまでの訓解に対する疑問点

注釈書は、「多杼里」は「予度」と共に、地名あるいは川の名としている。

しかも、すべて所在が不明というものである。

■新訓解の根拠

第2句の原文「予度能多杼里我」の「**多杼里**」（たどり）は、「辻る」の名詞形「**辻り**」である。

「辻る」は、不案内な道や困難な道を迷いながら行く、の意。

804番歌に「伊多度利與利提」（い辻り寄りて）とあり、「手探りに寄り臥し」（『岩波文庫　万葉集』）と訳されている。

川が流れる傍の河原の道は、洪水による冠水のたびに、以前の道が無くなったり、中途で道が消滅してしまっていることが多いので、新しい道を探りながら進むことになる。

この歌の、地名である予度も川のあるところで、そのあたりの川路は常に複雑に変化していたことであろう。

その複雑な川路を辿ることを「辿り」といい、「多杼里」と表現しているもの。

現代語で「迷路」というのと同じである。

「多杼里が」の「が」は、格助詞で「所有・所属・同格・分量・類似などの関係を示し、下の体言の意味を修飾限定する（連体用法）。」（『古語大辞典』）とされているので、本歌においては、「多杼里」が「川路」と同類で、「川路」を限定的に修飾していることになる。

「迷路」のような川路ということである。

迷路のような川路であれば、他人も入って来られず、他人に見つからないので、「ひとりのみして」「子らは逢はなも」と、むしろ迷路のような川路で子らと逢いたいと詠っているのである。

多杼里を地名とすると、なぜ川路で逢いたいと詠っているのか、不明になる。

また、本歌には、或本歌として、つぎの歌がある。

　　上野の　小野の多杼里が　あはぢにも　背なは逢はなも　見る人なしに

この歌では「小野の多杼里」と詠われており、本歌では「乎度の多杼里」と詠われているので、地名の「多杼里」が小野にも乎度にもあったことになり、地名と解するより普通名詞の「辿り」と解することの方が自然であることは明らか。

「多杼里が　あはぢにも」の「あはぢ」は他人と遇わない「遇わない路」の意で、その路ででも背の君とは逢いたい、人に見られずに、の意である。

62

東歌で「相聞」の部にある歌。上野国の歌である。

新しい訓

上野（かみつけ）　佐野の茎立ち（くくた）　折りはやし　我れは待たむゑ　**言し来（こと）ずとも**

新しい解釈

　　上野の国の佐野にある野菜を折ってきてご馳走を作り、私は待っているのですよ、**あなたからの便りが来なくとも。**

■ これまでの訓解に対する疑問点

　結句の原文「許登之許受登母」の「許登之（ことし）」を「今年」と訓んでいるのは、『日本古典文學大系』、『日本古典文学全集』、中西進『万葉集全訳注原文付』、『岩波文庫　万葉集』であるが、「今年来ずとも」では、澤瀉久孝『萬葉集注釋』が指摘するように少し突然過ぎること、また、万葉集において「今年」の表記はすべて「今年」であり、「許登之」を「今年」と訓ませている例がないこと、に疑問がある。

　他に、結句の訓例として、「来とし来ずとも（こ）」と訓むものがある。

　しかし、その解釈は「いらつしやつてもいらつしやらなくても。」（前掲澤瀉注釋）と、「今はせっせと通って来られなくとも。」（『新潮日本古典集成』）、「今はちっとも来なくても」（伊藤博訳注『新版万葉集』）と分かれており、「来とも来ずとも（こ）」ではなく、いずれの訓解にも無理がある。

■ 新訓解の根拠

「許登」の表記は、つぎのように「言（こと）」に多く用いられている。

3380番歌「許登奈多延曽祢」（言な絶えそね）

3456番歌「安乎許登奈須那」（吾を言なすな）

3466番歌「奴礼婆許登尓豆」（寝れば言に出）

3676番歌「許登都礙夜良武」（言告げやらむ）

4124番歌「許登安氣世受杼母」（言挙げせずとも）

　したがって、本歌の「**許登之**」は「言し」と訓む。「之」の「し」は、強調の助詞である。

「言」は、「口約束」あるいは「便り」（『岩波古語辞典』）の意。

「九九多知」（くくたち）は「茎立ち」の訛りで、「かぶら、青菜の苗」（『古語大辞典』）、「野菜のとうの立ったもの」（『岩波古語辞典』）といわれている。

「乎里波夜志」（をりはやし）の「はやし」は、「栄やし」で、ご馳走にするの意。

　3885番歌に、「我が肉は　み膾はやし」とある。

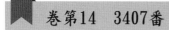

東歌で「相聞」の部にある歌。上野国の歌である。

新しい訓

> 上野（かみつけ）の　**目妙（まぐは）し窓に**　朝日さし　まきらはしもな　ありつつ
> みれば

新しい解釈

> 　上野の山の**稜線が美しく窪んで山の窓といわれる所に**、朝日
> がさし昇り、ずっと見ていると眩いばかりだなあ。

■これまでの訓解に対する疑問点
　注釈書は、第2句の原文「麻具波思麻度尓」を「まぐはしまどに」との仮名読みは一致しているが、それが、何を意味するのか明らかではない。

　『日本古典文學大系』
　　「真桑島門 ── 地名であろう。所在不明。真桑の島門か、目妙し島門か、真桑と島門か。シマドは島津の転か、清水（シミズ）の転か。すべて不明。」
　澤瀉久孝『萬葉集注釋』
　　「まぐは島門」と訓んで、「眞桑島門に」と解釈している。なお、仙覺抄に「ま妙し窓」としていることを紹介している。
　『新潮日本古典集成』、伊藤博訳注『新版万葉集』
　　「まぐはしまと」と訓んで、「まぐは（地名）島門」が本義か。編者は「目妙（まぐは）し窓」の意に解したらしい、としている。
　中西進『万葉集全訳注原文付』

65

「まぐはし円に」と訓み、円は所在不明、円方・円野らと同じく、わん曲した地形をいう地名、と注釈している。

　以上、仙覺あるいは編者が「麻度」を「窓」と訓んでいることを、その後の研究者は知っていたが、「窓」の意味を理解できなかったため、地名と訓んできたものである。
『日本古典文学全集』、『新編日本古典文学全集』、『新日本古典文学大系』、および『岩波文庫　万葉集』は、仮名読みのままである。

■新訓解の根拠
　山岳用語で、山の稜線がU字形あるいはV字形に窪んだ山の鞍部、その窪んだところから空が開けて見えるので「窓」といわれている。
　今は山岳用語だけに用いられているが、日本アルプスの剱岳には「大窓」、「小窓」、「三ノ窓」の地名が残っている。
　この剱岳の地名がいつのころより言われているものか明らかではないが、昔から各地で山の稜線が窪んでいる山の鞍部を、里から見る人は「窓」に見立てていたことが十分推測できる（補注参照）。
　前述のように、鎌倉時代の仙覺が「ま妙し窓」と訓んでいるが、家の窓を指しているのか、上述の山の「窓」を指しているのか、不明である。
　上野国は東から西にかけ日光連山・赤城山・榛名山・浅間山の各高山、そしてその間には前衛の低山が連なっているところであるから、里から山の稜線の窪みが見える所は多い。
　なお、4122番歌「山のたをりに　この見ゆる　天の白雲」、4169番歌「山のたをりに　立つ雲を」の「たをり」もそれぞれ山の稜線の「くぼんだところ」を指しているが、「窓」の方はより鋭角的に窪んでいるところである。
　また、稜線が窪んでいる所は、他の部分の稜線より山の端が低いため、当然、朝日が早く昇ってくるのが見られる。
　この稜線の窪みから出る美しい朝日に感動し、山の窓から朝日が見えたと表現したのであろう。
　この歌の場合、上野国のどの山の稜線の窪んでいる所か分からない

が、その窪んでいる稜線の形が優美であったので「目妙し」と詠っているものである。

「まきらはしもな　ありつつみれば」は、ずっと見ていると眩いばかりだとの意で、本歌は「相聞」に属する歌であるから、作者が好きな女性のことを朝日に譬えているものである。「な」は詠嘆の意の終助詞。

　朝日の昇る山の稜線の位置は日々移動するので、稜線の窪みから、いつも早く美しい朝日を見られるものではない。それは、気になっている女性もいつも見られるものではないので、山の「窓」から見えている朝日を、女性に擬えて称賛している男の歌と解する。

補注

　広島市に「窓が山」という名称の山がある（同市安佐南区沼田町と佐伯区五日市町の境にあり、標高711.4ｍ）。

　広島市の公式ホームページには、「窓が山の由来は、山稜が切れ込んで鞍部になっており、廊下のような谷が尾根にぬける状態（キレット）から称されたと考えられます。」とある。

　また、広島市在住で、同地方の自然を古語を用いて美しく豊かに詠んだ歌集『うつろひのおと』『ときのことのは』を出版している幡野青鹿氏に、窓が山のことをお聞きしたところ、中国新聞社刊『ひろしま百山』に、窓が山について、登山口の案内板に「キレット」を『窓』と呼ぶのでこの山の名称が生まれた、とある記載頁を送って頂いた。

　万葉歌の解釈に、山岳知識が必要な場合である。

東歌で「相聞」の部の歌。上野国の歌である。

新しい訓

> 伊香保ろに　雨雲い継ぎ　兼ぬ間づく　人と穏<ruby>はふ<rt>おた</rt></ruby>　いさ寝しめとら

新しい解釈

> 伊香保の嶺に雨雲が次々にかかって、**雷雨の降り出す心配を する時の状態となり、人々があのように野に居なくなり静かに なった、さあ、あなたを寝かそうと思うよ。**

■これまでの解釈に対する疑問点

　第3句・第4句の原文は「可奴麻豆久　比等登於多波布」で、「かぬ まづく　人とおたはふ」と訓まれているが、「人」以外の意味が分から ない難訓歌である。

　一字一音表記であるので、「仮名読み」が明らかである点は9番歌と 異なるが、語義が不明の部分が2句に及び、一首の全体の意味が、いま だにどの注釈書においても明らかにされていない点は、9番歌級の難訓 歌である。

　『岩波文庫　万葉集』の訳文は、「伊香保の山に雲が次々に掛かり、『か ぬまづくひととおたはふ』。さあ寝させなさい、『とら』。」で、「かぬま づくひととおたはふ」を語義未詳としている。他の注釈書もほぼ同様で ある。

■新解釈の根拠

　多くの注釈書は、第2句の**「安麻久母」**を「天雲」と訓んでいるが、

「雨雲」と訓むべきである。

　伊香保の嶺をはじめ、上野国（今の群馬県）の山々は、昔も今も雷雨が多いことで知られている。3421番歌に「伊香保嶺に　雷な鳴りそね」と詠われている。

　第3句の原文「可奴麻豆久」の「**可奴**」は「**兼ぬ**」のことで、「将来のことを心配する。」の意（『古語大辞典』）。
「**麻豆久**」の「**まづく**」は「**間づく**」で、「間」は「時間」、「づく」は「そういう状態や趣を帯びる」意の接尾語（前同）であるから「時の状態になり」の意である。

　よって、「かぬまづく」は「将来を心配する時の状態となり」で、この歌では「雷雨になることを心配する時の状態となり」の意。
「かぬ」の用例は、すぐ後の3410番「奥をなかねそ」とあり、「づく」の用例は3655番「秋づきぬらし」にある。

　第4句「比等登於多波布」は「人と穏はふ」で、人が歌の作者のいる野から、雷雨を心配して居なくなり、静かな状態になったことである。

　本歌と類似の3518番歌に「比等曾於多波布」とあるので、「登」を「ぞ」の転訛とみる説（澤瀉久孝『萬葉集注釋』）があるが、「と」は、副詞で「あのように」の意である。
「寝しめ」は「寝（ぬ）」の未然形「ね」に使役の助動詞「しむ」の連用形「しめ」が付いたもの。

　末尾の「とら」は、「『と』の下に『思ふ』『言ふ』などの意を含み、念を押していう。……と思うよ。……ということだぞ。」の意である。また、「ら」は、「軽く確かめる意、念を押す意を表す。」の意である（以上、『古語大辞典』）。

　この難訓歌の訓解において、上野国は雷雨が多い所であることを知っていれば、伊香保嶺にかかる「雨雲」であることが分かるのである。

　本歌の雲は伊香保嶺にかかる雲であるので、空高く浮いている「天雲」ではないのである。

巻第14　3518番

東歌で「相聞」の部の歌。ただし、国名の記載がない。

定訓

> 岩の上に　いかかる雲の　兼の間づく　人ぞ穏はふ　いさ寝
> しめとら

新しい解釈

> 山の岩の上にかかる雲に対して、**雷雨が降り出す心配をする**
> **時の状態となり、人々が全く野に居なくなり静かになった、さ**
> **あ、あなたを寝かそうと思うよ。**

■これまでの解釈に対する疑問点

　この歌の第3句以下は、3409番とほぼ同じであり、各注釈書の訓解
状況は、同歌と変わらない。

■新解釈の根拠

　この歌は、国名が記載されていない東歌の歌群にあるが、伊香保嶺の
歌である3409番の異伝歌であると考える。

　この歌では、上2句に「岩の上に　いかかる雲の」と詠われており、
雲が「天雲」でなく、「雨雲」であることが分かるのである。

東歌で「相聞」の部にある歌。上野国の歌である。

新しい訓

> 多胡の嶺に　寄綱延へて　寄すれども　**あに悔しづく**　その
> 顔よきに

（よせつなは）

新しい解釈

> 　多胡の山に綱を延ばして引き寄せようとするように、娘子を
> 引き寄せようとするけれども、**どうして残念そうに振る舞うの
> だろう。**顔は良いという表情なのに。

■これまでの訓解に対する疑問点

「多胡の嶺」は、高崎市にある山の名。

　第４句の原文は、元暦校本は「阿尓久夜斯豆久」であるが、他の古写本はすべて「阿尓久夜斯豆之」である。

　現代の注釈書は、澤瀉久孝『萬葉集注釋』以外は、原文として「阿尓久夜斯豆之」を採用している。

　澤瀉注釋は、「あに来やしづく」（そのやうに、あの子も自分によつて来ようか。おちついてゐて。）、中西進『万葉集全訳注原文付』が「あに来やしづし」（どうして来ることがあろう。素知らぬふりをしている。）とそれぞれ訓解している。

　また、『日本古典文學大系』は「憎いことに沈石のように動かない。」、『新潮日本古典集成』は「ちえっ、重石め、びくともしない。」、伊藤博訳注『新版万葉集』は「ああいまいましい、重石め、びくともせぬわ。」と解釈しているが、これらは「あにくやしづし」を「あ憎や沈石」（にく）（しづし）などと訓解するもので不審である。

他の注釈書は意味も未詳としている。

■新訓解の根拠

　私は、この歌の最も古い写本である元暦校本の原文「阿尓久夜斯豆久」により第４句を訓解する。

「**久夜斯**」は「**悔し**」と訓む。「久夜斯」を「悔し」と訓む例は、『日本書紀』の応神紀の歌謡に「伊麻弞久夜斯岐」（今ぞ悔しき）とある。

「**豆久**」は「**づく**」で、3409番歌にもあるように、「そういう状態や趣を帯びる」の接尾語で、「名詞、まれに活用語の語幹などに付く」（『古語大辞典』）とある。

「その顔よきに」は、娘子が顔の奇麗な美人であるのにというのではなく、誘った男に対し顔の表情はまんざらでもない表情だが、実際は男の誘いに乗って来ない状態である。

　前記のように、先訓には「くやし」を「来やし」と訓む説が多いが、「来やし」と訓んだ場合、「づし」あるいは「づく」の意味が解せなくなる。

巻第14　3412番（類例：3423番）

東歌で「相聞」の部にある歌。上野国の歌である。

定訓

> 上野の　久路保の嶺ろの　**葛葉がた**　かなしけ児らに　いや
> 離り来も

新しい解釈

> 上野の久路保の嶺の**葛葉がた**（蔓）の、「くず」のように
> 「**具す**」こと、すなわち一緒に連れて来ることが「がた」（難）
> しなので、可愛い児に別れて、こんなに離れて来たものだ。

■これまでの解釈に対する疑問点

　この歌の、『日本古典文學大系』による大意は「黒穂の嶺のクズ葉の
蔓が別れ別れに地を這うように、いとしい子にますます遠くはなれてこ
こに来た。」であり、他の注釈書の解釈もほぼ同じである。しかし、表
面的で字面を追ったにすぎない解釈である。

■新解釈の根拠

　第2句「久路保の嶺ろ」は、「寝ろ」を響かせている。類例は、3394
番歌「小筑波嶺ろ」などにある。

　続く第3句の原文は「久受葉我多」（くずはがた）の「くず」は葛で
あるが、「具す」すなわち「連れ立ってゆく」（『古語大辞典』）の意を醸
し、また「我多」は「がた」で蔓のことであるが、「がた」に「難」の
「がた」を掛けて、難しいと詠っているものである。

　旅に出た男が、共寝をしていた可愛い妻を連れ立って行くことができ
ず、上野の黒穂の嶺（今の赤城山）の里を離れてやって来た、と詠って

いるものである。

　東歌は、郷里の山や植物といった事物を題材に詠っているもので、この歌も赤城山の「葛葉がた」の「くず」と「がた」に、「具し難い」の意を響かせているのである。

類　例

巻第14　3423番

東歌で「相聞」の部にある歌。上野国の歌である。

定訓

> 上野（かみつけ）の　伊香保の嶺（ね）ろに　降ろよきの　行き過ぎかてぬ　妹が家のあたり

新しい解釈

> 上野の伊香保の嶺ろに降る雪のように、寝て触れて行く妹の家のあたりは行き過ごすことができない。

■これまでの解釈に対する疑問点

　多くの注釈書は、「降ろ」は「降る」の、「よき」の「よ」は「ゆ」の東国訛りで、「降ろ雪の」の「ゆきの」は「行き」を掛けた序と解説しているが、それだけではない。

■新解釈の根拠

「伊香保の嶺ろに」の「嶺ろ」に「寝ろ」を響かせているのは、3412番歌と同じ。

　さらに、「降ろ雪の」の「降ろ」に「触ろ」を掛けて「降ろ雪の」は、男が妹に「触れに行く」の意である。

「触る」は「男女がなれ親しむ。」（『古語大辞典』）の意で、つぎの歌が

74

ある。

517　神木にも手は触るといふをうつたへに人妻といへば触れぬものかも

　本歌の真意は「触ろに行く」にあり、これを知らずしてこの歌を解釈したことにはならない。

　結句は、9字の字余りであるが、句中に「い」「あ」の単独母音が二つある許容例である。

東歌で「相聞」の部にある歌。上野国の歌である。

定訓

> 上野《かみつけ》の 伊香保の沼に 植ゑ小水葱《こなぎ》 かく恋ひむやと 種求
> めけむ

新しい解釈

> 上野の伊香保にある沼に**植えた小水葱、このように私の恋も
> なぎるだろうやと**、恋の種を手に入れたのであろうか、そうで
> はない。

■ これまでの解釈に対する疑問点

この歌に対する各注釈書の訳文あるいは注釈は、つぎのとおりである。

『日本古典文學大系』	伊香保の沼に植えるコナギではないが、こんなに恋に苦しもうとて私は種を求めたのであろうか。
『日本古典文学全集』	相手の女の姿をコナギの花にたとえたか。 こんなに恋に悶えるのも、自ら種（原因）を求めた自業自得だ、という気持でいった。
澤瀉久孝『萬葉集注釋』	上野の伊香保の沼に生えてゐる小水葱のやうに、こんなに戀しい思ひをしようとて種を求めたので

	あらうか。
『新潮日本古典集成』	上野の伊香保の沼に植えつけられたかわいい水葵、そんな娘にこんなにも悩まされようとて、私はわざわざ種を求めたのだったっけ。
『新編日本古典文学全集』	恋に悩む因を作った自分の行為を後悔した歌。
『新日本古典文学大系』	つらい恋の原因を、水葱の縁で「種」と表現した。
中西進『万葉集全訳注原文付』	上野の伊香保の沼に植えた子水葱のような女よ。こんなに恋に苦しもうとて種を求めたのでもないのに。
伊藤博訳注『新版万葉集』	上野の伊香保の沼に植えられたかわいい小水葵、そんな子にこんなにも悩まされようってなわけで、俺はわざわざ種を求めたのだっけかなあ。
『岩波文庫　万葉集』	上野の伊香保の沼に植えた小水葱、こんなに恋しようとして種を求めたのだったろうか。

　以上、小水葱を相手の女性に見立て、その女性との恋が「苦し」「悶え」「悩まされ」「つらい」状態だと男が詠んでいるとする点が共通しているが、どの注釈書も「小水葵」がそのような状態を表す花であることの解説を全くしておらず、私はこれらの解釈に疑問がある。

■新解釈の根拠
　この歌の上3句は第4句を引き出す序詞である。小水葵を、単に相手の女性に見立てただけではない。
　小水葵の「なぎ」が、第4句の「かく恋」を導いているのである。

「かく」は「なぎ（凪）」の状態を指している。

「なぎ」の意味は「風が止んで波が静まっている状態」（『古語大辞典』）であるが、この歌の作者は自分が植えた小水葵（自分が恋人にした娘子）を見て、娘子に対する自分の気持ちが、当初のような激しい思いがなくなって、「なぎ」の状態になっていることに気がつき、このような恋をしようと恋の種を求めたのだろうか、恋し始めたのだろうか、そうではないと、詠っているのである。

　この歌に続く3416番歌においても、第3句の「いはゐつら」が第4句の「引かばぬれつつ」を「起こす比喩の序」（『日本古典文学全集』）であり、3417番歌においても第3句「大藺草」までが第4句の「ヨソニ見ルを起す比喩の序」（『新編日本古典文学全集』）であるので、本歌においても第3句の小水葵の「こなぎ」までが、第4句の「かく恋」を導いている序であることに気づかなければならないのである。

　なお、恋に「なぎ」と詠った歌が、つぎのようにある。

　　753　相見てはしましも恋はなぎむかと思へどいよよ恋ひまさりけり

　男が、沼の小水葵を見ただけで、何故苦しい恋と詠わなければならないのか、また、恋が苦しいとの詞が歌に出てこないのに、おそらく「かく恋」を苦しい恋の意と独断したことが、前掲各注釈書にあるような正反対の訳文および注釈をもたらす「種」になったと考える。

　歌の詞に対する、感性が不足している。この歌について言えば、歌の作者は、何を詠みたくて「小水葵」の詞を用いているか、歌の作者の心を感じ取れることが不可欠である。

　どの解説書も「なぎ」に「恋がなぐ」ことを、感じ取れていないのである。

つぎの第２句が難訓とされている。

伊香保世欲　**奈可中次下**　於毛比度路　久麻許曽之都等　和須礼西
奈布母

（ふりがな）いかほせよ　おもひどろ　くまこそしつと　わすれせ　なふも

新しい訓

> 伊香保瀬よ　**なかなか繁に**　思ひどろ　隈こそしつと　忘れ
> せなふも

（繁：しげ）

新しい解釈

> 伊香保の瀬を通ってゆくと、**かえって頻繁に逢える**と思うけ
> れどね、川の曲がって隠れたところには弊害があることを忘れ
> ないでね。
> （寓意）
> 伊香保に住まいするわが背と男女の一線を越えて頻繁に通お
> うと思うけれどね、陰で人が噂することを忘れないでね。

■これまでの訓解に対する疑問点

　この難訓歌については、古来確かな訓解がなく、近年の注釈書におい
て、すべて第５句「忘れせなふも」以外は訓義未詳とされている。

　しかしこれまで、初句、第３句および第４句は「伊香保せよ（奈可中
次下）おもひどろ　くまこそしつと」と訓むことは多くの注釈書に掲記
されており、第２句も多くの古写本は、「なかなかしげに」と訓んでい
る。

　それであるのに、第２句が難訓とされてきたのは、そのように訓んだ
場合に、一首全体の歌意が理解できなかったため、第２句に他に正しい

訓があると誤解されてきたからであろう。

　その原因は、これまで初句の「伊香保せよ」の「せ」は「背」と理解され、その関係で「よ」は間投助詞の「呼び掛け」の「よ」であると信じられてきたからである。

■新訓解の根拠

　この歌の前後に「伊香保」を詠んだ東歌が、つぎのように8首あるが、いずれも伊香保の自然の事象に寄せて詠んでいるものである。

　　　3409番　伊香保ろに　　天雲い継ぎ
　　　3410番　伊香保ろの　　沿ひの<ruby>榛原<rt>はりはら</rt></ruby>
　　　3414番　伊香保ろの　　<ruby>夜左可<rt>やさか</rt></ruby>のゐでに
　　　3415番　伊香保の沼に　植ゑ<ruby>小水葱<rt>こなぎ</rt></ruby>
　　　3421番　伊香保<ruby>嶺<rt>ねみ</rt></ruby>に　<ruby>雷<rt>かみ</rt></ruby>な鳴りそね
　　　3422番　伊香保風　　吹く日吹かぬ日
　　　3423番　伊香保の嶺ろに　降ろ雪の
　　　3435番　伊香保ろの　　沿ひの榛原

　したがって、本歌の第4句は「<ruby>久麻<rt>くま</rt></ruby>」と詠われており、川の曲がったところを「<ruby>隈<rt>くま</rt></ruby>」というので、「<ruby>伊香保世欲<rt>いかほせよ</rt></ruby>」の「世」は川の「<ruby>瀬<rt>せ</rt></ruby>」のことである。

　「世」が川の「瀬」に用いられている例は、同じ上野の国の歌3413番歌「<ruby>刀禰河伯乃<rt>とねかはの</rt></ruby>　<ruby>可波世毛思良受<rt>かはせもしらず</rt></ruby>」（利根川の　川瀬も知らず）にある。

　つぎに、「<ruby>伊香保世欲<rt>いかほせよ</rt></ruby>」の「<ruby>欲<rt>よ</rt></ruby>」は、感動・呼び掛けの間投助詞の「よ」ではなく、経過する場所を示す格助詞の「よ」であり、「……を通って」の意である。

　つぎの歌に、その使用例がある。

　　　3425番歌　「<ruby>安素乃河泊良欲<rt>あそのかはらよ</rt></ruby>　<ruby>伊之布麻受<rt>いしふまず</rt></ruby>」（安蘇の河原を通って
　　　　　　石も踏まずに）
　　　3530番歌　「<ruby>見要受等母<rt>みえずとも</rt></ruby>　<ruby>兒呂我可奈門欲<rt>ころがかなどよ</rt></ruby>」（見えなくとも　子らが
　　　　　　門を通って）

4054番歌　「保等登藝須　許欲奈枳和多禮」（時鳥　ここを通って鳴き渡れ）

　したがって、初句の訓は「伊香保瀬よ」であり、「伊香保の瀬を通って」の意である。「瀬」は男女の逢瀬をも意味し、「瀬を通って」すなわち「瀬を渡る」は、男女の関係において一線を越える場合に使われる。
　但馬皇女のつぎの歌の「川渡る」は、そのように用いられている。

　116　人言を繁み言痛みおのが世にいまだ渡らぬ朝川渡る

　第2句「**奈可中次下**」は、古写本にあるように「**なかなか繁に**」と訓む。
「なかなか」は「かえって」、「しげに」は「頻繁に」の意。
「しつ」は、あやまち、欠点、損失などの意味があり、この場合は「弊害」の意で、噂されることである。
「下」を「けに」と訓む例は、1075番歌に「更下尒」とある。
　また、「思ひどろ」の「ど」は逆接の恒常条件を示す接続助詞、「ろ」は東国方言の間投助詞で、「思ひどろ」は「思へどろ」の訛りである。
「忘れせなふも」の「なふ」は、東国特有の打消しの助動詞。
　以上のように、本歌は第2句の「奈可中次下」が難訓というより、初句の「世」「欲」が「背」「よ（間投助詞）」とそれぞれ誤訓されていたために、一首の訓解が困難になっていたものである。

東歌で「相聞」の部にある歌。下野国（しもつけ）の歌である。

新しい訓

> 下野の　三毳（みかも）の山の　小楢（こなら）のす　まぐはし子ろは　**誰が来（たけ）か**
> **も彩（た）む**

新しい解釈

> 下野の三毳山の小楢が「こな」と「来て欲しい」といっているように、うるわしいあの子は**誰が来るかもと色づいていること**よ。

■これまでの訓解に対する疑問点

　結句の原文「多賀家可母多牟」を、定訓は「誰が　笥か　持たむ」と訓んでいる。

　しかし、容器の意の「笥」の「け」は乙類の仮名、「家」の「け」は甲類の仮名で、仮名違いであることを認めている。

　また、「誰が笥か持たむ」を、娘子が誰の妻になることだろうかと解釈しているが、妻になることの譬喩として「笥か持たむ」の表現は相応しいと思われない。

■新訓解の根拠

　結句は「たが　け　かも　たむ」と訓むべきである。
「たが」は「誰が」で定訓と同じであるが、**「け」は「来（き）」の上代東国語形**（『古語大辞典』）で、4337番歌に「ものはずけにて」がある。
「かも」は、「詠嘆的に疑問の意を表す。」係助詞の連語（前同）である。

「**たむ**」は「**彩む**」で、「いろどる」の意である。すなわち、娘子は恋しい人が来るかもと色づいている、と詠んでいる。

　定訓は、三毳の山の小楢を美しい娘子を引き出す序詞と単純に解釈しているが、歌の作者は「小楢」の「こ」に「来（こ）」、「なら」の「な」に願望の意の「な」を掛けているのである。すなわち、三毳の山の美しい小楢が「来な」と誰かを待っているように、娘子も誰か来るのを待って、美しくなっていると詠んでいることに興趣がある歌である。

　歌詠みである土屋文明氏は、定訓による解釈を「全體としては、理屈の這入つて來る感じ方である。『誰が來か待たむ』とすれば、幾らかそこが救われるであらうか」（『萬葉集私注』）と評している。

東歌で「相聞」の部にある歌。下野国の歌である。

新しい訓

　　　下野の　安蘇の川原よ　石踏まず　空ゆと来ぬよ　**汝が心乗れ**

新しい解釈

　　下野の安蘇の川原より川原の石を踏まず、空から（鳥となって）飛んで来たよ、**あなたの心が私に取りついてくれ。**

■これまでの訓解に対する疑問点

　注釈書は、何の疑問もなく結句の末尾「能禮」の原文を「告る」の命令形の「告れ」と訓み、「あなたの心の内を告げよ」と解釈している。

　しかし、「名」や「家」を告れと詠まれている例はあるが、「心」を告れの例は他にない。

　本歌において、歌の作者が空を飛ぶような思いで来たとしても、相手にいきなり心の内を告げよはあまりに性急で、歌として稚拙、ありえないことと考える。

■新訓解の根拠

「**能禮**」を「**乗れ**」と訓む。

「心に乗る」の表現は、万葉集においてつぎのように10例もある。

　　　「妹は心に乗りにけるかも」　100番、1896番、2427番、2749番、
　　　　　　　　　　　　　　　　　3174番
　　　「心に乗りて思ほゆる妹」　　691番

「乗りにし心常忘らえず」　　1398番
「思い妻心に乗りて」　　　　3278番
「心の緒ろに乗りて」　　　　3466番
「心に乗りて」　　　　　　　3517番

「心に乗る」とは、心に取り付いて離れないことである。

　巻第14「東歌」において、「告ら」と訓まれている3374番歌「乃良奴伎美我名」（のらぬきみがな）および3469番歌「許余比登乃良路」（こよひとのらろ）においては、「告」の「の」には「乃」の文字が用いられている。

　これに対し、「乗り」と訓まれている一字一音表記である3466番歌「能里弖可奈思母」（のりてかなしも）および3517番歌「許己呂尓能里弖」（こころにのりて）の「乗り」の「の」には「能」の文字が用いられている。

　本歌の原文は「奈我己許呂能禮」であるから、「能禮」は「乗れ」と訓むことが、用字からも相応しく、「告れ」ではない。

　あなたが恋しくてたまらず、鳥となって飛んで来たので、私の翼に一緒に乗ってください、私の心に取り付いてください、との思いであろう。

東歌で「相聞」の部にある歌。陸奥国の歌である。

新しい訓

> 筑紫なる　　にほふ児ゆえに　陸奥の　　主り娘子の　　結ひし紐
> 解く

新しい解釈

> 筑紫にいる奇麗な女性のゆえに、陸奥の**留守宅を守っている
> 娘子が**、出発前に結んだ紐を解くことだ。

■これまでの訓解に対する疑問点

　これは、陸奥の国の歌3首とあるうちの一首。

　第4句の原文「可刀利」（かとり）を香取神宮のある下総の地名とすると、陸奥の国の歌であることと矛盾する。

　それゆえ、陸奥にも香取の地名があったとする説もあるが、所在不明であり、不審である。

　また、「かとり娘子」を「国でなじんだ女。固織りの約『縑』が懸けてあるか」（伊藤博訳注『新版万葉集』）、「香取社による地名、処々にある。その上に、縑（かとり）少女の質素さを加えて上と対比。」（中西進『万葉集全訳注原文付』）との説もある。

■新訓解の根拠

「可刀利」は、「主る」（かとる）の連用形「かとり」を名詞化し、「主り娘子」の複合語にしたものである。

　古語辞典には「かどり」と「ど」の濁音になっているが、『日本書紀』履中天皇5年に「検㆓校天子之百姓㆒」（天子の百姓を検校れり）とあ

り（『岩波文庫　日本書紀』）、古くは「と」の清音であった。

「かどる」は、「強制的に管理する。統御する。」「管轄する。」の意が
あり、「己が女を東人に放ち与へ、家財を主らしめ［主　加止良之女］」
（霊異記・上・31・訓釈）の用例がある（『古語大辞典』）。

「**かどり娘子**」は、この歌の作者が留守宅を管理させている娘子という
意で、現代の言葉でいえば「**主婦**」である。

東歌で「譬喩歌」の部にある歌。遠江国の歌である。

定訓

遠江（とほつあふみ）　引佐細江（いなさほそえ）の　水脈（みを）つくし　我を頼めて　**あさましものを**

新しい解釈

遠江の引佐の海の澪標（みおつくし）のように、身を尽くすと私を信頼させておいて、（あなたは）**呆れたものだよ。**

■これまでの解釈に対する疑問点

　結句の「あさましものを」（原文は「安佐痲之物能乎」）について、解釈が分かれている。

『日本古典文學大系』	未詳。（本当は）浅い心であったのに。
『日本古典文学全集』 澤瀉久孝『萬葉集注釋』	捨て置いてくれたらよかったのに やがては心淺くなさるでせうものを。
『新潮日本古典集成』	いっそ干（ほ）しあげてやればよかったものを
『新編日本古典文学全集』 『新日本古典文学大系』	捨て置いてくれたらよかったのに （意味、未詳）
中西進『万葉集全訳注原文付』	やがて疎ましくするでしょうものを。
伊藤博訳注『新版万葉集』	いっそ水を干しあげて役立たずに

　　　　　　　　　　　　　　させてやればよかったのに。

『岩波文庫　万葉集』　　　　　（未詳）

　以上のように解釈が分かれる理由は、「あさまし」を形容詞としては
その終止形が「ものを」にはつづかない（澤瀉注釋）とし、代わりに、
動詞「あす」を想定し、その未然形「あさ」に助動詞「まし」が付いた
ものと考える説が多いからである。
　古典文学全集および新編古典文学全集は「アスは放置する意。」とし、
「放置する」意の「あす」の語を想定している。
　澤瀉注釋は「あす　淺（他動四）古語、あするやうにす。あせさす」
としている。
　新潮古典集成は、「あさ」は、下二段自動詞の「あす」に対する、浅
くするの意の四段他動詞の未然形か、と解説している。伊藤訳注もほぼ
同様である。
　中西全訳注は、浅す（動詞）＋まし（助動詞）としている。

■新解釈の根拠
『新選古語辞典新版』は「古くは、シク活用の形容詞は『うまし国』の
ように、『語幹（＝終止形と同形）＋体言』の形で体言を修飾した。」と
している。『古語林』も「シク活用は、上代には『うまし国』のように
語幹（終止形と同形）が、体言を修飾する形しか見られない。」と説明
し、『旺文社古語辞典新版』も「上代では、シク活用の形容詞の場合は
語幹（終止形と同形）が、体言を修飾する。」と同様の説明をしている。
　また、「同じ」についても、連体形には「おなじ」と「おなじき」の
両形があるとされている（『古語大辞典』）。万葉集に、その例として、
4073番「於奈自久尓奈里」、4076番「於奈自伎佐刀乎」がある。
　したがって、「あさまし」はシク活用の形容詞であるから、「あさまし
もの」は文法的に正しいのである。「あす」の四段活用の動詞の存在を
詮索する前記各注釈書の議論は、不要かつ無益である。
　私は、本歌において「あさましもの」を「呆れたもの」と解する。

東歌で「譬喩歌」の部にある歌。駿河国の歌である。

新しい訓

> 　　志太の浦を　朝漕ぐ船は　葭なしに　漕ぐらめかもよ　**葭越**
> **さるらめ**

新しい解釈

> 　　志太の浦を朝漕いで来る船は、葭のないところを漕いでいる
> ことがあろうかよ。**どうせ、葭を乗り越えてやって来るので**
> **しょう。**
> （寓意）
> 　　志太の浦を朝漕いで来る船は、理由なく漕いでいることがあ
> ろうかよ、**私のところにどうせやって来るのでしょう。**

■これまでの訓解に対する疑問点

　結句の原文は、元暦校本以外の諸古写本は「奈志許佐流良米」に一致
して、最初の原文は「奈」であるが、元暦校本の原文は「余」であり、
付されている仮名の訓は「よ」と読める。

　各注釈書は、その「余志」を原文として「由」（よし）と訓んでいる。

　また、ほとんどの注釈書は、「こさる」は「こそある」の約と説明し
ているが、疑問である。

■新訓解の根拠

　志太の浦は、葦が多く生えているところであったであろう。

　葦には、「よし」（葭）の別称がある。

　第３句の原文「與志奈之尓」の「與志」を「葭」と訓み、「葭なしに」

である。

　したがって、第4句までは「志太の浦を　朝漕ぐ船は　莫なしに　漕ぐらめかもよ」であり、志太の浦を朝漕いでくる船は、莫のないところを漕いで来るだろうかよ、の意である。

　結句の原文「余志」も「莫」と訓み、「莫越さるらめ」は、莫を乗り越えてやって来るのでしょう、である。

　以上は、歌の表の訓解であるが、この歌には裏に寓意がこめられている。

　第3句の「與志」を「由」と「理由」の意に訓み、結句の「余志」の「余」を「よ」と訓んで、人称代名詞で「**わが**」の意に解する。
「余」が「わが」の意味に用いられている例は、636番歌「余衣」（わがころも）、637番歌「余身」（わがみ）にある。
「志」は強調の助詞の「し」で、183番歌「吾志悲毛」（吾し悲しも）、2530番歌「妹志所見者」（妹し見ゆれば）など、類例が多くある。
　また、「よし」には「不満足であるが、あきらめて許容する気持ち」を表す副詞「縦し」（『古語林』）の意を掛けている。

　これにより、「志太の浦を朝漕いで来る船は、理由なく漕いでいることがあろうかよ、私のところにどうせやって来るのでしょう。」との寓意があることになる。

　ところで、注釈書は本歌が「譬喩歌」であるのに、私がいう裏の寓意を表の訓解とし、かつ「女の家の周辺をうろつく男を揶揄する形の歌。」（中西進『万葉集全訳注原文付』）というが、この歌は東歌であり、歌の表には東国の事物である「莫」を譬喩として詠っているものであるのに、表の歌の莫を看過して、裏の寓意だけを訓解しているもので、「譬喩歌」の訓解としては不十分である。

東歌で「譬喩歌」の部の歌。相模国の歌である。

新しい訓

> 　　足柄の　安伎奈の山に　引こ船の　後引かしもよ　転こば児
> がたに

新しい解釈

> 　　足柄の安伎奈の山の引こ船が転落しないよう**後方から引っ張
> るように、後ろから強く引っ張ってね。私が惚れ込んだあの娘
> のために、転落しそうになったら。**

■これまでの訓解に対する疑問点

　結句の原文「許己波故賀多尓」を、『日本古典文學大系』と中西進
『万葉集全訳注原文付』は「ここば來がたに」と訓んでいる。

　しかし、前者は「来ることが難しいのだから、来に故をあてたのは違
例。」といい、後者は「来がてに。来は乙類の仮名なので、原文『故』
（甲類）は仮名違い。」として、その訓が疑問であることを自認してい
る。

　すべての注釈書は「ここば」を「ここだ」と同じとして、こんなにも
甚だしくの意としているが、同じといえる理由はまったく説明されてお
らず、甚だしく疑問である。

　注釈書は、この歌のキーワードである「ここば」を正しく理解できな
いため、本歌が何を譬喩している歌か、不明な訓解になっている。

■新訓解の根拠

「**ここば**」は、「**転けば**」の「**け**」が「**こ**」に転じたものである。

　その例は、遠江国の防人の歌である4322番歌「加其佐倍美曳弖」（か
ごさへみえて）の「影（かげ）」を「かご」と詠っている例にある。
「転け」は「転く」の未然形で、「転く」は転ぶことで、「転けば児がた
に」は、あの娘のために転んだならば、の意味。
「**たに**」は「**ため**」の意で、その例は808番歌「許牟比等乃多仁」（こぬ
ひとのたに）にある。
　あの娘のために転ぶということは、あの娘に心が大きく傾き、ほれ込
むことである。
　当時、山で造った舟は、海まで、山の傾斜を利用して、舟の後ろに綱
を付けて転落しないように引っぱりながら下ろしたようである。
　本歌は、自分があの児の魅力に前のめりとなり、転びそうになった
ら、安伎奈の山の引こ船を後方から引くように、後ろから引っ張って
よ、と詠んでいるものである。
　このように訓解して、初めて「譬喩歌」として理解したことになる。

東歌で「譬喩歌」の部の歌。相模国の歌である。

定訓

> 　　足柄の　吾を可鶏山の　かづの木の　吾をかづさねも　かづ
> さかずとも

新しい解釈

> 　足柄にある可鶏山が、「かけ」と私に連想させる可鶏山のか
> づの木のように、かづの木の皮を剥いで取って行かなくとも、
> 私を誘拐してくださいよ。

■これまでの解釈に対する疑問点

　第２句の「吾を可鶏山の」を、中西進『万葉集全訳注原文付』は「私
を心にかける可鶏山」と解釈している。また、『岩波文庫　万葉集』は
「第四句の『かづさ』をかどわかす意の動詞『かづす』の未然形とする
説があるが未詳。」としている。譬喩歌として、いまだ十分な解釈がな
されていない。

■新解釈の根拠

「吾を可鶏山の　かづの木の」は、可鶏山に「かけ」とあるように、私
に連想させる可鶏山のかづの木のように、の意である。

「かけ」は「言葉の上からの連想的なつながりあい。」（『古語大辞典』）
という意味で、可鶏山の音の「かけ」を用いている。

　この歌は、男に連れ出してもらいたい女が、誘拐するという意の「か
どはす」あるいは「かづす」に音の似ている可鶏山の「かづの木」を
連想するので、私を「かづして下さい」、すなわち誘拐して欲しい意の

「かづさね」と詠っているものである。

　結句の「かづさかずとも」は、かづの木を割かなくてもの意であり、かづの木は穀の木のことで、樹皮を剥いで紙の原料にしていたからである。

　すなわち、かづの木の皮を剥いで取って行く男に対して、それよりも私を奪い取って欲しいと詠っているのである。

「かづさね」の「ね」は願望の終助詞、「かずさかずとも」の「も」は最小限の願望の係助詞である。

　このように、「吾を可鶏山の」は、可鶏山は「かづの木」がある山であることを示すとともに、その可鶏山の名の「かけ」にかけて、「かづの木」を連想して、かづの木の樹皮を剥ぐように自分を「かづしてほしい」、「奪ってほしい」と詠っているもので、前掲の注釈書のように「心にかける」の意では十分でない。

東歌で「譬喩歌」の部の歌。相模国の歌である。

定訓

> 薪伐る（たきぎこ）　鎌倉山の　木垂る木を（こだ）　松と汝が言はば（な）　恋ひつつやあらむ

新しい解釈

> 鎌倉山の木を薪に伐る（こ）ように、私が凝っていちずに思い込んでいるあなたは、鎌倉山の**木垂る木のように恋に小倦れている（こだ）が**、あなたが松である、すなわち待つと言ってくれたら、逢えるときを思いながら、恋しく思っていよう。

■これまでの解釈に対する疑問点

『岩波文庫　万葉集』の、この歌の訳文は「（薪伐る）鎌倉山の枝葉の茂った木を、『松（待つ）』とおまえが言ってくれたら、恋い焦がれることがあろうか。」というもので、他の多くの注釈書も同旨である。

　しかし、なぜ「木垂る木を」を「松（待つ）」と詠っているかについて、説得力のある説明をしていない。

　この歌は「譬喩歌」であるが、各注釈書の解釈は表面的に過ぎて、比喩をよく理解していないものである。

■新解釈の根拠

　まず、「薪伐る」の「こる」は、「凝る」でもあり「ひと所に寄り集まる。」「いちずに思い込む。」（『古語大辞典』）の意がある。

　鎌倉山で薪を伐って、ひと所に寄せ集めることのほか、ここでは歌の作者が恋の相手を鎌倉山に生えている木に譬え、いちずに思い込んでい

ることも掛けている。

　つぎに、「木垂る木」は「小倦る」を掛けており、「小倦る」は、恋の相手である鎌倉山の木が恋に「ちょっと倦れて気乗りしない」と表現しているものである。

　それゆえに、下句で、あなた（相手）が鎌倉山の松である、すなわち待つと言ってくれたら、逢えることを期待しながら恋しくしていましょう、と詠んでいる。

「恋ふ」は目の前にいない人のことを思うこと、「つつ」は二つのことが同時に進行することであるから、恋の相手が待っていると言ってくれたら、すぐに逢えないことだけど、逢えるときを思いながら、恋しく思っていようという意味である。

「や」は反語の係助詞ではなく、強調の間投助詞。

　この歌についても、注釈書はキーワードである「木垂る」を「枝葉が繁る」の意に解しているため、譬喩歌としての解釈ができていない。

東歌の「譬喩歌」であり、上野国の３首の中の一首。

新しい訓

> 伊香保ろの　沿ひの榛原《はりはら》《そ》　我が衣《きぬ》に　付きよらしもよ　ひた
> へと思へば

新しい解釈

> 伊香保の山の斜面の榛の林に行くと、榛の花序が**私の衣に好
> ましく付いてくれる**、それは、あなたのことをひたすらに思っ
> ているから。

■これまでの訓解に対する疑問点

1　この歌は、榛が衣に「つく」ことを詠んでいる。

　各注釈書は、それを「染まる」ことに関連づけて説明しているが、一
体どういうことか、必ずしも明らかではない。

　そこで、辻野勘治『万葉時代の生活』から、榛の染色についての記述
を引用する。

> 「榛の木は川岸や湿地に自生する落葉喬木で、はんの木と呼ばれる
> が、この時代は『はり』と言われていた。樹皮と実は煎汁にして浸
> し染に使われ、また実を黒焼きにした灰を使って摺り染にしたと言
> われる。色は茶染か黒染ということである。日本書紀の天武天皇紀
> 朱鳥元年正月、高市皇子が天皇から下賜された品物に『榛摺《はりすり》の御衣
> 三具……』とあって、これは榛の摺染ということであるので、黒・
> 茶系統でも気品のある色のように思われる。」

　以上により分かることは、榛による染色といって、**「浸し染め」** と
「摺り染め」 という全く別個の染色方法があったことである。
　万葉集に詠まれている、本歌以外の「榛」の13首を分類すると、つ
ぎのとおりである。

（「摺り染め」が詠まれている歌）
　　1156　住吉の遠里小野の真榛もち摺れる衣の盛り過ぎゆく
　　1166　いにしへにありけむ人の求めつつ衣に摺りけむ真野の榛原
　　1260　時ならぬ斑の衣着欲しきか島の榛原時にあらねども
　　1354　白菅の真野の榛原心ゆも思はぬ我れし衣に摺りつ
　　1965　思ふ子が衣摺らむににほひこそ島の榛原秋立たずとも

（「浸し染め」が詠まれている歌）
　　該当する歌はなし

（その他）
　　　19　綜麻形の林のさきのさ野榛の衣に著きて目につく吾が背
　　　57　引間野ににほふ榛原入り乱れ衣にほはせ旅のしるしに
　　280　いざ子ども大和へ早く白菅の真野の榛原手折りて行かむ
　　281　白菅の真野の榛原行くさ来さ君こそ見らめ真野の榛原
　3410　伊香保ろの沿ひの榛原ねもころに奥をなかねそまさかしよ
　　　　かば
　3791　（長歌の一部分）住吉の　遠里小野の　ま榛持ち　にほほ
　　　　し衣に
　3801　住吉の岸野の榛ににほふれどにほはぬ我れやにほひて居ら
　　　　む
　4207　（長歌の一部分）明けされば　榛のさ枝に　夕されば　藤
　　　　の繁みに　はろはろに　鳴く霍公鳥

　これらより分かることは、「摺り染め」が詠まれている場合は、歌詞
に「摺り」（または「斑」）と明瞭に詠まれているのに対し、「浸し染め」
と思われる歌がないことである。

そして、染めに関係のない歌も多数存在する事実である。すなわち、「榛」が詠われているからといって、すべて、染めに関する歌と解釈するのは危険である。

2　この歌に対する注釈書は全部といってよいほど、「和我吉奴尓　都伎與良之母與」を「わが衣に着きよらしもよ」と訓み、それは榛を染料として、衣がうまく染まったとの意に解し、「ひたへ」は「純栲^{ひたへ}」あるいは「一重」のことで、女性が男性を純粋に思っていたので、うまく染まった意と解釈している。

　染色方法が「摺り染め」か、「浸し染め」か、多くの論者は明らかにしていないが、『岩波文庫　万葉集』は「衣に摺り着ける」と注釈し、澤瀉久孝『萬葉集注釋』は、鹿持雅澄『萬葉集古義』の「着とは摺着^{スリツ}の着」とする解釈を引いている。

　前掲記の歌にあるように摺るときは「摺る」と表現するものであって、「摺る」という詞もないのに「着」だけで、「摺る」とは解釈できない。

　一般に「浸し染め」の場合は、万葉集の他の歌において「染む」という詞が用いられており、「着き」の詞は「染め」には用いられず、身に着ける意に用いられている。

　　　395　託馬野に生ふる紫草衣に染めいまだ着ずして色に出でにけり
　　1297　紅に衣染めまく欲しけども着てにほはばか人の知るべき
　　2828　紅の深染めの衣を下に着ば人の見らくににほひ出でむかも

　したがって、本歌の「都伎」（つき）は、衣を染めることではない。「着く」の意として「染まる」を載せている古語辞典の用例を見てみても、『古語大辞典』は本歌のみ、『旺文社古語辞典新版』は19番歌のみを、それぞれ掲げているにすぎない。

　『新選古語辞典新版』は、「着く」に「染まる」の意を載せていない。

■新訓解の根拠
　榛の木の花序は、５センチくらいの長さの紐状で、枝からたくさんぶ

ら下がり、その下に入ると、落ちてきた花序がたくさん衣服に付着する。

　本歌はこの情景を詠んでいるもので、女性が住んでいる伊香保の山の斜面にある榛の林に行くと、榛の花序が私の衣に好ましく付いてくれる、それは、あなたのことをひたすらに思っているから、と詠んでいる男性の歌である。「ひたへ」は「偏」の訛りである。

　すなわち、榛の花序を女性に譬えた「譬喩歌」であるのである。

　衣に榛の黒い色を摺り染めるという印象が強いためか、それに結び付けやすい詞、すなわち本歌においては「つき」(19番歌においては「著く」)の詞が出てくると、他に「摺る」とか「染む」とかの詞がなくとも、染めることを詠んだ歌と解釈しがちである。

　しかし、同じ榛を詠んだ歌でも、280番歌においては「枝」、3410番歌においては「根」を詠んでおり、そして本歌と19番歌においては、「花序」が付くことを詠んでいるものであることを看過してはならないのである。

東歌で「譬喩歌」の部の歌。上野国の歌である。

定訓

> しらとほふ　小新田山(をにひたやま)の　守る山の　うら枯れせなな　常葉(とこは)にもがも

新しい解釈

> しばしば訪れ続けて、小新田山という私が見守っている山の木の枝先は枯れないでくれ、いつまでも瑞々しい葉であって欲しい。
> （寓意）
> しばしば訪れ続けて、私が大切に見守っている新しい女性の心は離れないでくれ、いつまでも瑞々しい関係であって欲しい。

■これまでの解釈に対する疑問点

　初句の原文「志良登保布」は「しらとほふ」と訓まれ、その意味について、「小新田山の枕詞。語義・かかり方未詳。『常陸風土記』新治郡の条に風俗（くにひと）の諺に『自遠新治国』という、とあるので、『自』は『白』の誤りと解してニヒにかけたとする説もある。」（『日本古典文学全集』）とされており、他の多くの注釈書もほぼ同じ説明をしている。

　しかし、本歌においては「しらとほふ」とあるのに、「ふ」について何も説明せず、「白遠（しらとほ）」が「新」にかかる枕詞とするのは、不審である。

■新解釈の根拠

「志良登保布」の「登保布」は、「訪ふ」の未然形「とは」に、反復・継続の意を示す助動詞「ふ」がついたもので「とはふ」であるが、「は」が「ほ」に訛ったものである。

　東国において、「ア」音が「オ」音に訛ることがあることは、3413番歌「ノス」は「ナス」の、4328番歌「ウノハラ」は「ウナハラ」の訛った例であることにみられている。

　「志良」の「しら」は、「屡」の「しば」である。これは「しば」の「ば」が「ら」に音転したもの。「半ば」と「半ら」の関係と同じである。

　よって、「**しらとほふ**」は「**しば訪はふ**」で、しばしば訪れ続けている、の意である。

　本歌は「譬喩歌」の中にある歌で、「小新田山の　守る山の」は、歌の作者がしばしば通って見守っている大切な女性を隠喩している。

「うら枯れせなな」の「うら」は「末」で木々の枝先が枯れるなであるが、「心」の「うら」をも響かせ、将来も心が離れるな、と詠んでいる。

「なな」は、禁止の「な」と、願望の「な」の助詞を重ねたもの。

　小新田山は新しい恋人で、今はしばしば訪れて大切にしているが、将来も離れることなく今の関係が続いて欲しい、との意が込められている。

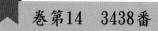
東歌で「雑歌」の部の歌。国名は不記載。

新しい訓

都武賀野に　鈴が音聞こゆ　**上しだの**　殿の中郎し　鳥狩すらしも

（つむがの・かむ・との・なかち・とがり）

新しい解釈

　都武賀野に鈴の音が聞こえてくる、殿の**次男が**鷹狩りしているらしい。

■これまでの訓解に対する疑問点

　注釈書は、「都武賀野」も「可牟思太」も、どちらも地名とし、所在不明としている。「都武賀野」は「野」とあり地名であることは明らかであるが、「可牟思太」は地名でないと考える。

■新訓解の根拠

「**思太**」は「**しだ**」と訓み、「**時**」「**ころ**」の意。

　同じ東歌の3461番歌に「安家奴思太久流」（あけぬ時来る）、3478番「阿抱思太毛」（あほ時も）および「安波乃敝思太毛」（あはのへ時も）とある。

「可牟」は「かむ」で「上」（かみ）の音転。

　同じく東歌の3516番歌「可牟能禰尓」（上の嶺に）に例がある。

　したがって、「上しだの」は「年上の」「年長の」の意である。

「中郎」は長子と末子の間の男子のことであるから、「上しだの　殿の中郎」は、殿に何人かいる中郎のうち、年上の中郎を指している。それは、具体的には「次男」のことであろう。

東歌で「雑歌」の部の歌。国名は不記載。

新しい訓

うらもなく　我が行く道に　青柳の　**張り手立てれば**　もの
思ひづつも

新しい解釈

裏表なく正直に私は勤めてきているのに、〈青柳の〉**見張り
する人が居るので**、(なぜかと) もの思いを続けていることよ。

■これまでの訓解に対する疑問点

第4句の原文「波里弓多弓礼婆」を「張りて立てれば」と訓む定訓の
歌の解釈は、澤瀉久孝『萬葉集注釋』によると「無心に私が歩いてゆく
路に、青柳が芽を張つて立つてゐるので、ふと物を思ひ出したことよ。」
で、他の注釈書もほぼ同じである。

しかし、それではこの作者は何を歌いたかったのか、不明である。
『岩波文庫　万葉集』は「故郷の妻を思ったという意であろう。」とし
ているが、この歌の歌詞からそのように解釈できないばかりか、この歌
は相聞の歌ではなく、「雑歌」である。

■新訓解の根拠

「張りてたてれば」の「張りて」は**「張り手」**で、見張りの人の意であ
る。

「我が行く道に　青柳の」は、青柳が芽をはるので「張り」にかかる枕
詞。

この歌の作者は、誰かに仕えているのであろう。

自分は表裏なく仕えてきたのに、自分の行動を見張る者がいることが分かり、どうしてかと思い悩みながらいることよ、の意である。
　今でいえば、サラリーマンの悲哀を吐露した歌であろう。

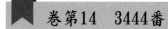

東歌で「雑歌」の部の歌。国名は不記載。

新しい訓

伐波都久（きはつく）の　岡のくくみら　我（われ）摘めど　**籠にものたなに**　背なと摘まさね

新しい解釈

伐波都久の岡の茎韮（くきにら）を私は摘んでいますが、**籠にもの足りなくて**、あなたと一緒にお摘みしたいです。

■ これまでの訓解に対する疑問点

　第2句の「くくみら」は「くきにら（茎韮）」の訛りといわれている。

　第4句の原文「故尓毛乃多奈布」の「故」の「こ」は、「籠」の「かご」のことである。

　定訓は、そのつぎの「尓毛乃多奈布」の「尓毛」を助詞の「に」「も」と訓み、「乃」は「美」の誤字とする賀茂真淵『萬葉考』の説に従い、「美多奈布」として「満たなふ」と訓み、「籠にも満たない」と解している。ただし、澤瀉久孝『萬葉集注釋』および中西進『万葉集全訳注原文付』は「のたなふ」は「みたなふ」の訛りとして「籠にものたなふ」と.訓んでいるが、解釈は同じである。

　いずれにしても、「なふ」を打消しの終止形に訓むものである。それは、「乃」を誤字あるいは訛りで「み」と訓むことが前提であり、原文の「の」のとおりに訓むのであれば「のたなふ」で、意味不明である。

■ 新訓解の根拠

「故尓毛乃多奈布」の「**毛乃**」は「**もの**」と訓む。

「多奈布」は「たなに」と訓み、「布」は打消しの助動詞「ず」の連用形「に」で、「たらに（足らに）」の訛りである。

3513番歌「尒努具母能」（にのぐもの）は「布雲の」とされており、「にの」は「ぬの」の上代東国語形とされている（『古語大辞典』）。「商布」（「調」としてではなく、自分の着用または交換に用いた布地・絹布。）（『旺文社古語辞典新版』）は「たに」と訓まれ、「布」は「に」と訓まれる。

また、東国の歌で「ら」が「な」と訛る例は、3476番歌において、「兒奈波」（こなは）は「子らは」、「和奴尒故布奈毛」（わぬに恋ふなも）は「われに恋ふらむ」のそれぞれ訛りと解されている（以上、澤瀉注釋）。

したがって、「故尒毛乃多奈布」は「籠にものたなに」と訓み、「籠にもの（物）足らに」すなわち「籠にもの足りず」の意となる。

結句の「背なと摘まさね」の「さね」は、敬意をもって希望する意であるから、「あなたと一緒にお摘みしたいです」と解される。

『日本古典文學大系』は、本歌を「第四句までと第五句とで唱和する形式」と注釈し、これに同調する注釈書は多いが、それは第4句を「籠に満たなふ」と終止形に誤訓している結果であり、「籠にものたなに」と連用形に訓めば、普通の歌のように一人の人が詠った歌である。

東歌で「雑歌」の部の歌。国名は不記載。

新しい訓

> 妹なろが　番ふ川津の　ささら荻　葦と人言　語りよらしも

新しい解釈

> 妹あなたが**男と一緒になっている船着場**の小さい荻を、「葦」すなわち「悪し」と、人々は噂し合っているよ。

■ これまでの訓解に対する疑問点

　第２句の原文「都可布」を「使ふ」と訓む説が多い（『日本古典文學大系』、『日本古典文学全集』、澤瀉久孝『萬葉集注釋』、『新編日本古典文学全集』、中西進『万葉集全訳注原文付』）が、『新潮日本古典集成』および伊藤博訳注『新版万葉集』は「付かふ」と訓んで「いつも居ついている」と解し、『新日本古典文学大系』および『岩波文庫　万葉集』は不詳とした上で、使用する意の動詞「つかふ」には古い例が見えない、と注記している。

　「使ふ」と訓む説は、川津を洗濯場として使っていたと解釈しているが、「使ふ」というだけで、使う目的を明らかにしていない表現は稚拙で、あり得ないことである。

■ 新訓解の根拠

　「都可布」を「番ふ」（つがふ）と訓む。「可」を「が」と訓む例は、867番歌「枳美可由伎」（きみがゆき）にある。

　「番ふ」は「二つのものが組み合わされる。いっしょになる。対になる。」（『古語大辞典』）の意である。

上２句は、妹が男と逢う船着き場、という意味である。

　妹が男と逢う船着き場に生えている小さい荻を、よく似た葦、すなわち「悪し」に掛けている。「人言」は、噂である。

　この歌を、前掲岩波文庫は、「誤解による悪い噂を立てられたことを嘆く歌。」としているが、むしろ歌の作者が好きな女性が他の男と船着き場で逢っていることを嫉んだ歌と解する。

　蛙（かはづ）のことを、324番歌においては「河津」、913番歌においては「川津」と表記されているので、本歌においても陰の訓は「番ふ蛙」であり、妹と相手の男の二人を蔑んでいる歌である。

「逢ふ」ではなく、「番ふ」という詞を用いた理由はここにある。

　また、初句の「妹なろが」の「な」は「汝」であり、「妹あなた」と非難めいた表現も、そのためである。

東歌の「雑歌」の部にある歌。国名は不記載。

新しい訓

> 草蔭の　**穴な行かむと**　墾りし道　**穴は行かずて**　荒草立ち
> ぬ

新しい解釈

> 草蔭にある**隠れた穴に行こうとして**新たに道を造ったが、穴
> には行かなくて、新しい道にも荒草が茂っている。

■これまでの訓解に対する疑問点

　定訓は、第2句の原文「安努」、第4句の原文「阿努」のいずれも地名として訓んでおり、注釈書はすべてこれに依っているが、地名の場所を何処と定め難いとしている。

　これまでの万葉集の研究者は、訓解できない原文が出てくると、地名と断じ、あるいは枕詞と決めてかかる通弊があるが、これもその例。

　本歌において、さらに「草蔭の」を「安努」にかかる枕詞としており、通弊の典型例といえる。

■新訓解の根拠

「安努」「阿努」は「あの」であるが、「の」は「な」の訛りで、「穴」のことである。

「な」が「の」と表記されている例は、4328番歌「海原渡る」が「宇乃波良和多流」（うのはらわたる）、4415番歌「見るなすも」が「美流乃須母」（みるのすも）にある。

　第3句の「墾りし道」の意は、「道」には「方法。手段。」（『古語大辞

典』）の意があり、新しい方法を準備したことである。

　上2句で、穴が草蔭にあると詠んでいるので、そこに行くための方法として新しい道を拓いたと表現しているのである。

　「穴な行かむと」の「な」は、格助詞「に」の上代東国方言（『岩波古語辞典』）である。

　下2句の、穴に行くことなく、その道にも荒草が生えてしまったの意は、新しい方法が無駄であったことである。

　この歌は卑猥な民謡の類いで、「草蔭の　穴」は女性の性器の隠喩であり、女性と性交しようとして新たな方法を準備したが、結局、目的が遂げられず、新たな方法が無駄であったと詠っているものである。

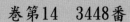
東歌で「雑歌」の部の歌。国名は不記載。

新しい訓

　花散らふ　この向つ峰の　女の緒の（をな を）　泥につくまで（ひぢ）　君が世もがも

新しい解釈

　散る花で被われ続けている、向かいの山のように美しい**女性の君が、山と同じように泥になるまで（ひぢ）、ずっと長く、君と男女の仲でありたい。**

■これまでの訓解に対する疑問点

　定訓は、「乎那」を地名とし、「ひじ」を未詳としているものを含め、南九州に住む隼人が海あるいは湖の中にある洲のことを「必志」（ひし）というので、その「洲」と解するとし、乎那の峰が海あるいは湖の中にある洲に浸かるまでの長い間、あなたの寿命があってほしい、と詠った歌と解釈している。

　東の国の人が、隼人の言葉を用いて、歌を詠むとは考えられない。

■新訓解の根拠

　第3句の原文「乎那能乎能」を「をなのをの」、すなわち「**女の緒の**」と訓む。「をな」は「をみな」（4317番歌「乎美奈」）の約。

　「緒」は「（『……の緒』の形で）長く絶えずに続くもの。」（以上、『古語大辞典』）の意である。

　万葉集に本歌以外に「向つ峰」と詠まれた歌は7首あるが、そのうちの6首に、つぎのように、女性を待つあるいは女性に逢うことが詠われ

ている。

> 1356　向つ峰に立てる桃の木ならむやと人ぞささやく汝が心ゆめ
>
> 1359　向つ峰の若桂の木下枝取り花待つい間に嘆きつるかも
>
> 1750　暇あらばなづさひ渡り向つ峰の桜の花も折らましものを
>
> 3493　遅速も汝をこそ待ため向つ峰の椎の小枝の逢ひは違はじ
>
> （或る本の歌）　遅速も君をし待たむ向つ峰の椎のさ枝の時は過ぐとも
>
> 4397　見わたせば向つ峰の上の花にほひ照りて立てるは愛しき誰が妻

　第4句の「**比自**」の「ひじ」は「**ひぢ**」の訛りで「**泥**」である。「ち」を「し」と訛る例は、3首前の「等許乃敝太思尓」（とこのへだしに）にある。

　この歌は、女性を向かいの美しい山に見立てているが、山が非常に長い時を経てやがて泥になるように、女性の命も泥になるまで、すなわち死ぬまで長く、と詠んでいるものである。

　山と泥の対比は、古今和歌集の仮名序に「高き山も麓のちりひぢよりなりて」の記載にみられる。

　結句の「世」は、いうまでもなく男女の仲である。

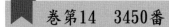
東歌の「雑歌」の部にある歌。国名は不記載。

新しい訓

　　　小瘡壮丁と　小瘡助丁と　潮舟の　並べて見れば　**小草絡め**
り

（小瘡（をくさ）を／助丁（をぐさずけ）を）

新しい解釈

　　　顔などに瘡のある男盛りの男と、やはり顔などに瘡のある
　　年老いた男を、〈潮舟の〉並べて見ると、**まるで草と草とが絡**
　　まっている草むらのようだ。

■これまでの訓解に対する疑問点
　注釈書は、初句の「乎久佐」を地名と解し、乎久佐壮丁を乎久佐出身
の壮丁、すなわち男盛りの男としている。つぎに、第２句の「乎具佐受
家乎」の「受家乎」を「助丁（ずけを）」と解し、乎具佐助丁は乎具佐出身の老い
た男としている。
　また、結句の「乎具佐加利馬利」の５番目の「利」を「知」の誤字と
して、「勝ちめり」と訓んでいる。しかし、推量の助動詞「めり」は終
止形に付くが、「勝ち」と連用形であることが問題である。

■新訓解の根拠
「久佐」は「瘡（くさ）」で、皮膚病である。「かさ」ともいい、不衛生
な昔は多かったようである。
「乎」は「を」で、親愛を表す接頭語。「潮舟の」は「並べ」の枕詞。
「加利馬利」の「かりめり」は「絡めり」の意で、２番目の「り」は
「ら」の訛りである。類例として、3580番歌「伊伎等之理麻勢」（いきと

しりませ）は「息と知らせ」である。

「絡めり」は「絡む」の已然形「絡め」に完了の助動詞「り」の終止形が接続したもの。

通説の解釈によれば、「乎久佐」出身の壮丁と「乎具佐」出身の助丁とを並べると、「乎具佐」出身の助丁が勝つだろうということになるが、「く」と「ぐ」の清濁音の違いにより、なぜ濁音の男が勝つのかその理由を示さない拙い歌となる。

そうではなく、瘡のある男二人を並べると、「くさ」すなわち「草」が絡んでいるようだ、と悪ふざけした歌である。

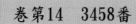

東歌で「相聞」の部の歌である。国名の記載がない歌。

新しい訓

> 汝背の子や　**取りの犯ちし**　なかだ折れ　吾を音し泣くよ
> 息づくまでに

新しい解釈

> あなた、わが背子よ、**手で姦淫することを、**途中で止めると
> 私は声をあげて泣くよ、喘いでいるほどであるのに。

■これまでの訓解に対する疑問点

第2句の「等里乃乎加耻志」は、契沖、賀茂真淵、鹿持雅澄が「等里」を地名、「乎加耻」を「岡道」と訓んで以来、これが定訓として訓まれているが、『日本古典文学全集』、『新編日本古典文学全集』、『新日本古典文学大系』、および『岩波文庫　万葉集』は、意味不明あるいは難訓として「とりのをかちし」の仮名表記のままで、訓を付していない。

古典文学全集および新編古典文学全集は、「耻」は清音の「チ」で、「岡路」の「ヂ」とは解せないとしている。

また、従来の定訓によれば、「鳥の岡の道が中途で曲つてゐて、私を泣かせることよ。」（澤瀉久孝『萬葉集注釋』）の解釈となり、道が曲がっているため夫の姿が見えなくなることが、私を泣かせるという歌になるが、「息づくまでに」と詠んでいることが不自然である。

■新訓解の根拠

この歌の前後の歌は、つぎのとおりである。

3457　うちひさす宮の我が背は大和女の膝まくごとに我を忘らすな

3459　稲つけばかかる我が手を今夜もか殿の若子が取りて嘆かむ

　これらの歌は「相聞」の部の中にある歌であるが、その歌の内容は、特定の人が特定の人に贈るために作られた歌ではなく、男女の性を卑猥に詠んだ民謡、流行り歌であると考える。

　したがって、この歌は男女の性に関することが謡われており、「等里乃乎加恥志」は男女の性交渉に関する詞と解する。

「乎加恥志」の「をかちし」は「犯す」の名詞形「犯し」の「し」が「ち」に転じたもの。「恥」の用字にも留意すべきである。

「犯す」は「婦女を辱める。姦淫する。」（『古語大辞典』）こと。末尾の「志」は動詞「す」の連用形「し」。

「等里乃」の「とりの」は「取りの」で、「取り」は「手を動かして物事を思うように操作する。」（『岩波古語辞典』）の意である。

　したがって、「とりのをかちし」は、男が女を手で姦淫することである。

「なかだ折れ」は、途中で止めること。

　万葉集には、卑猥な歌も登載されていることを認めなければならない。

　私のこの新訓解に対し、これまでの訓解は、そんなことは十分分かっていたが、卑猥なことを研究書に載せることを憚っていたのである、との弁解が聞こえそうな気がする。

東歌で「相聞」の部の歌である。国名の記載がない歌。

定訓

> **稲搗(つ)けば**　かかる我が手を　今夜もか　殿の若子が　取りて嘆かむ

新しい解釈

> **共寝して交わればいつも**、私のあかぎれした手を取って、主の若君が、今夜も可哀そうと嘆くだろう。

■これまでの解釈に対する疑問点

　ほとんどの注釈書は、この歌の歌詞どおり解釈して、稲搗きをしている女子の労働歌であるとしている。

　しかし、女子の従事する労働で、手があかぎれするのは稲搗きに限らず、むしろ、あかぎれをする代表的な手仕事は炊事・洗濯の水仕事であるのに、どうして「稲搗けば」殿の若子があかぎれした女の手を取って嘆かむと、恒常条件で詠っているのか、考察されていない。

　また、稲搗きの仕事場に、殿の若子が毎夜（「今夜もか」）訪れるのも不自然である。

■新解釈の根拠

　万葉集に、「つく」と詠った歌が、つぎのようにある。

　　1889　我が宿の毛桃の下に月夜(つくよ)さし下心よしうたてこのころ
　　3395　小筑波の嶺ろにつくたし間よはさはだなりぬをまた寝てむかも

3550　おして否と稲は搗かねど波の穂のいたぶらしもよ昨夜ひとり
　　　　寝て

　1889番歌は「譬喩歌」との題があり、「毛桃」は女性の性器、「月夜
さし」は「突くよ差し」で性交の隠語である。
　3395番歌は、すでに詳述しているが、この「つくたし」も性交の隠
語である。
　3550番歌の注釈において、「稲搗く」は「性行為のことか。」(『新日本
古典文学大系』)、「性行動を連想させやすかった。」(『新編日本古典文学
全集』)とされている。
　3458番歌の前後の３首は男女の性に関する卑猥な民謡、流行り歌で
あると既述したが、その一首である本歌においても性行為が詠われてい
ると解する。
　本歌は稲搗きの労働歌に見せかけた卑猥な流行り歌で、「稲搗けば」
は性交の隠語であることを知らなければ、正しく理解したことにはなら
ない。

類　例

巻第10　1889番

「春雑歌」の部にある「譬喩歌」との題がある歌。

定訓

> 　吾がやどの　毛桃の下に　月夜さし　下心よし　うたてこの
> ころ

新しい解釈

> 　私の家の毛桃の下に、夜の月の光が射し込んで、心の底から
> しきりに気持ち良くなってゆくこの頃です。

■ これまでの解釈に対する疑問点

　本歌の譬喩に関し、『日本古典文學大系』が「月夜さし」は「娘の初潮を寓したものか。」とし、「（自分の娘が一人前になって、母としてこのごろうれしくて仕方がない。）」と解しているが、これに対して、澤瀉久孝『萬葉集注釋』は「少し考へ過ぎであらう。」といい、「毛桃の下に月光のさす景に作者の或る思ひがあるので、それをはつきりさせてゐないところに譬喩歌の譬喩歌たるところがあると云ふべきではなからうか。」と述べているが、「それをはつきりさせてゐないところに譬喩歌の譬喩歌たるところがあると云ふべき」などと言って、読者にその譬喩の内容を示さないのは、注釈書としての役割を放棄しているに等しい。

　毛桃の実の下部に月の光が射すことはなく、叙景歌ではありえない。また、毛桃の桃の木の下に月の光が射すということも、桃の木は葉が密に茂っているので木の下の地面には月光は射さない。
『日本古典文学全集』の「寓意は不明だが、初めての官能の喜びを知った女子の心持などを詠んだ歌か。」は、正鵠を得ている。

■ 新訓解の根拠

　本歌の譬喩の内容は、つぎのとおりである。
「毛桃の下に」は、女性の性器の隠喩である。
　桃が女性の性器に隠喩されることは、昔話の桃から生まれた桃太郎によっても知られる。
「吾やどの」の「やど」は「多く妻が夫を指していう語」（『古語大辞典』）であるので、「わが夫が」の意味である。
「月夜さし」は、夜の月に「突き」、月光が射すことに「挿し」を掛けており、「突き」「挿し」の語は3395番歌で既述のように性行為の隠語である。
「うたて」は「自分の意志とは無関係に、事態や心情がどんどん進んで行く状態を表す。ますますはなはだしく。しきりに。」（前同）の意であり、この表現から、古典文学全集が言うように、女性の官能の喜びを詠った歌と解されるのである。

これも、東歌で「相聞」の部の歌である。国名の記載がない歌。

定訓

> **おして否と　稲は搗かねど**　波の穂の　いたぶらしもよ　昨
> 夜ひとり寝て

新しい解釈

> **あえて性交を拒否したのではないが**、昨夜一人寝をしてみ
> て、波の穂が襲うように何度も心の動揺に襲われたことよ。

■これまでの解釈に対する疑問点

第2句の「稲を搗く」は、前掲歌にもあるとおり性交の隠語である。
『岩波文庫　万葉集』は「暗に性行為を言うか。（中略）室町時代の
『鼠の草紙絵巻』に、姫君の祝言を前に鼠たちが餅搗をする場面があり、
『明日は殿のよねつき』『抜きあげ、抜き下ろし、どっちどっちと搗かう
よ』と囃している。」と注釈している。

しかし、解釈自体は、上2句を「しひていやだと思つて稲を舂くので
はないが、」（澤瀉久孝『萬葉集注釋』）と、稲搗き作業の歌と解釈して
いる注釈書が多い。

■新解釈の根拠

私は、上2句を、昨夜、男からの性行為の誘いを拒否したのではない
が、の意に解する。

「波の穂の」は「波の穂が間断なく襲い、砕け乱れるように」の意。

「いたぶらし」は、「心が激しく動揺するさま。」（『古語大辞典』）。

したがって、この歌は、夜になって一人寝をしてみると、男との交わ
りを想像して、波の穂が何度も襲ってくるように心が激しく揺さぶられ

る、と女が思いを詠っているものである。

　多くの注釈書は、女が稲搗き作業を断ったことと解釈しているので、昨夜、女がひとり寝て、いたく動揺したこととの関連が明らかにされていない。

　澤瀉注釋は、土屋文明『萬葉集私注』が、「男を拒絶する意に取るのは、考え過ぎで」「性的感情によって労働苦を和らげようとする典型的な、純然たる労働歌である」とあるのが当たっているとするが、「波の穂の　いたぶらしもよ」を「性的感情」の表現と認めているのであるから、上2句を「男を拒絶する意」と解するのがむしろ自然である。

　なぜなら、労働苦を詠むのなら当時の女性の労働は田の草取りなど他にも労働苦を伴うものは多くあるのに、夜なべ仕事であることが多い。稲搗きを詠んでいること、結句の「ひとり寝て」は「共寝」と対比しての詞であるからである。

　また、相聞歌であり、雑歌ではない。

東歌の「相聞」の部の歌である。国名の記載がない歌。

新しい訓

> 　　山鳥の　**雄ろの初尾に**　鏡掛け　唱ふべみこそ　汝に寄そり
> けめ

新しい解釈

> 　山鳥の**雄**の美しい**初尾**に鏡を掛けて、山鳥が鳴き続けたよう
> に、私もしゃべりそうになったので、あなたと関係があると言
> われるようになったのだろう。

■これまでの訓解に対する疑問点
　この歌の原文は、つぎのとおりである。

　夜麻杼里乃　　**乎呂能波都乎尓**　可賀美可家　刀奈布倍美許曽　奈尓
与曽利鶏米

　第2句の「波都乎」を「はつ麻」と訓むか、「はつ尾」と訓むかなど
によって訓が大きく分かれ、また、どの訓によっても、一首の歌意が明
解とはいえない状態である。

　　『日本古典文學大系』（尾ろの初麻に　鏡懸け）
　　　山鳥の尾に似た初麻に鏡をかけて、神に呪文を唱える役を私がす
　　　る筈になっている（私はあなたの妻になるはず）からこそ、当然
　　　の噂が立ったのだろうが。（実際には困ってしまう。）
　　『日本古典文学全集』（「尾ろのはつをに　鏡掛け」）

　　山鳥の　尾羽のはつをに　鏡を掛け　人に知らせるつもりで　あ
　　の娘はおまえと　噂を立てられたのだろう
　澤瀉久孝『萬葉集注釋』（「尾ろのはつ尾に　鏡懸け」）
　　山鳥の尾の垂れ尾に對して鏡をかけると山鳥が聲をあげて鳴くと
　　いふが、自分の浮き名を唱へようとこそ、お前さんに心を寄せた
　　のであらう。
　『新潮日本古典集成』（「峰ろのはつをに　鏡懸け」）
　　山鳥の棲む峰での初苧祭（はつを）で、お互い鏡をかけ、唱え言をする役を
　　つとめることになったものだから、お前さんとの噂を立てられた
　　のだろう。
　『新編日本古典文学全集』（「尾ろのはつをに　鏡掛け」）
　　山鳥の　尾羽のはつをに　鏡を掛け　いずれ一緒になる気で　あ
　　の娘はおまえと噂を立てられたのであろう。
　『新日本古典文学大系』（尾ろの端つ尾に　鏡掛け）
　　山鳥の尾の先端に鏡を掛けて唱えるべきなので、あなたとの間を
　　噂されたのでしょう。
　中西進『万葉集全訳注原文付』（尾ろの初麻に　鏡懸け）
　　山鳥の尾のように長い初麻に鏡をかけて神にことばを捧げる。
　　―― やがてそうなるべきものとして人のうわさは私をお前に寄せ
　　るだろう。
　伊藤博訳注『新版万葉集』（「をろのはつをに　かがみ懸け」）
　　山鳥の棲む峰での初苧祭り（はつを）で、その初苧に互いに鏡を懸け、神様
　　に唱え言をする役を務めることになったものだから、私はお前さ
　　んに言い寄せられることになったのであろうが、どうなることや
　　ら……。
　『岩波文庫　万葉集』（「尾ろの端つ尾に　鏡掛け」）
　　山鳥の尾の先端に鏡を掛けて唱えるべきなので、おまえとの間を
　　噂されたのだろう。

■新訓解の根拠
　まず、第2句の原文「**乎呂能波都乎尓**」の「**乎呂**」の「**乎**」は、「オ
ス」の「**雄**」と訓む。

「乎」を「雄」と訓む例は、3530番歌「左乎思鹿能」（さ雄鹿の）にある。

「呂」の「ろ」は接尾語で、「雄ろ」は山鳥のオスのことである。

「波都乎」は**「初尾」**で、山鳥のオスは長い美しい尾を持っていることで知られている。初尾は、成鳥になったばかりのオスの尾羽か、毎年生え変わったときの新しい尾羽で、いずれも特に美しい尾羽ということである。

　前述のように、注釈書は、最初の「乎」を「尾」あるいは「峯」と訓むために、つぎの「乎」を「麻」あるいは「尾」と訓んで混乱を招いているが、最初の「乎」は「雄」であることはほぼ間違いない。それは、山鳥の尾を詠う場合、美しい尾があるのはオスであり、メスではないからである。

　中国の故事に、山鳥を歌舞させようとしてもしなかったので、その前に鏡を掛けたところ、山鳥が止むことなく死ぬまで舞ったという話があり、この歌はこの故事を第3句までの序詞として用いているものである。

　すなわち、この歌の作者も、鏡を掛けられて堪えきれずに歌舞した山鳥のように、あなたのことをつい喋り出してしまいそうになるので、あなたに関係があるといわれるようになったのであろう、と詠んでいるもの。

「唱ふべみ」は「声高に発しそうになる」の意で、この歌では、相手の名前を口に出してしまいそうになることを、山鳥の故事を序にして詠っているものである。

『日本書紀』允恭天皇23年の歌謡に「人知りぬべみ」（臂等資利奴陪瀰）の例がある。

　また、「寄そる」は「関係があるといわれる」の意。

「けめ」は、過去の原因推量の助動詞「けむ」の已然形である。

　単に、山鳥に鏡掛けではなく、「雄ろの初尾に」と詠んでいるのは、相手の男性が麗しく立派であることを強調しているのである。

東歌で「相聞」の部の歌である。国名の記載がない歌。

新しい訓

佐野山に　打つや斧音の（おのと）　遠かども　寝もとか子ろが　**おゆ**
に見えつる

新しい解釈

佐野山で打つ斧の音が遠くに聞こえるけれども、一緒に寝よ
うというのだろうか、私をまどわすように妹の姿が**目に浮かん**
でくる。

■これまでの訓解に対する疑問点

定訓は、結句の「於由尓美要都留」の「由」を「母」の誤字として
「おも（面）」と訓んでいる賀茂真淵『萬葉考』の説に従うものである。
「由」と「母」は字形も異なること、「面影に見えつる」であれば歌意
は通ずるが、「面に見えつる」は言葉足らずで、「面影に見えつる」と同
じ意に解することに無理がある。
『新日本古典文学大系』は「『面に見ゆ』という用例はない。」および
『新編日本古典文学全集』は「面影ニ見ユと言うべきところを面ニ見ユ
と言った例はない。」と注釈しながら、それぞれ「面に見えつる」と訓
んでいる。

■新訓解の根拠

「於由」の「おゆ」の「ゆ」が「よ」の訛りである例は、4321番歌
「阿須由利也」（あすゆりや）、4324番歌「己等母加由波牟」（こともかゆ
はむ）にある。

420番歌「於余頭禮可」（およづれか）、3957番歌「於餘豆禮能」（およ
づれの）の「およづれ」は「人まどわしのことば」の意であり、「づれ」
は、「種類。程度。類。」の意の名詞、および「……ごとき。……のよう
なくだらぬもの。」の意の接尾語（以上、『岩波古語辞典』）であるので、
「およ」に「づれ」が付いた形である。

　したがって、本歌の「於由」は「およ」で、「およに見えつる」は
「私をまどわすように妹の姿が目に浮かんでくる」である。

「寝も」の「も」は、「上代東国語形。推量の助動詞『む』に相当す
る。」（前同）ものである。

東歌で「相聞」の部の歌である。国名の記載がない歌。

新しい訓

> うべ子汝(な)は　吾(わぬ)に恋ふなも　立と月の　退(の)かなへ行けば　恋しかるなも

新しい解釈

> いかにも子、あなたが私を愛おしく思うのはもっともだろう、生理中のあなたを隔てることなく通って行くので、私のことを愛おしく思うだろうよな。

■ これまでの訓解に対する疑問点

　注釈書は、第4句の「努賀奈敝由家婆」を「のがなへゆけば」あるいは「ぬがなへゆけば」と訓んで、「流らへ行けば」の意とするものである。

　また、「立と月」は「立つ月」の訛りとして、「新月」と解している。『岩波文庫　万葉集』による一首の訳文は「いかにもあなたは私に恋うているのだろう。改まる月が流れて行くので、恋しいことだろう。」で、他の注釈書もほぼ同旨であるが、この解釈では何の興趣もない歌である。

■ 新訓解の根拠

　第3句の「立と月」は「経つ月」の訛りで、「月経」すなわち女性の生理と解する。

『古事記』中巻に、倭建命の歌と、それに応えた美夜受比賣のつぎの歌がある。

　　（前略）さ寝むとは吾は思へど汝が著せる襲の裾に月立ちにけり

129

（前略）諾な諾な君待ちがたに吾が著せる襲の裾に月立たなむよ

　これらの歌の「月立ち」「月立た」は、「月経」と言われている。

　本歌は、『古事記』の歌の「うべなうべな」の「うべ」も同じで、この『古事記』の歌を知って詠まれていると思われるので、本歌の「立と月」も月経のことである。

　第4句の「のかなへ行けば」の「のか」は「退く」の未然形で、「隔たる。離れる。」の意（『古語大辞典』）。

「なへ」の上代東国語の打消しの助動詞「なふ」の連用形である。

　よって、「のかなへ行けば」は、（生理中のあなたを）隔てずにあなたのところに通へば、の意である。

　なお、初句の「なは」は「汝は」で「あなたは」の意、第2句・結句の「なも」は「らむ」の訛りである。

　つぎに、本歌には**「或本歌末句曰」**があり、**「のがなへ行けど　吾ゆかのへば」**と詠まれている。

　この「のがなへ行けど」は、「隔てずに通っても」である。

　結句の「吾ゆかのへば」の「ゆか」は「行く」の未然形で、「望ましい状態に達する」の意（前同）。

「のへ」は「なへ」の訛りで、「なへ」は打消しであることは前述した。

「吾ゆかのへば」は、「私が満足できない状態が続けば」の意となる。

　よって、或本歌の末2句による解釈は、生理中のあなたを隔てずにあなたのところに通っても、私が満足できない状態が続けば、そんな私のことをあなたは愛しいと思うだろう、である。

　本歌の構成は、上2句で「あなたが私を愛おしく思うのはもっともだろう」と推断を下し、その理由を第3句以下で詠っているものである。

　したがって、従来の定訓のように、「月日が流れて行けば」では、「あの子が私を愛おしく思う」理由としては平凡すぎると考える。

　生理中であなたと交わることができなくとも、自分は通い続けていることを、あなたは認めて、自分を愛しいと思うだろう、と詠っている男の歌と考える。

　注釈書は、この歌においてもキーワードの「立と月」を理解していない。

東歌で「相聞」の部の歌である。国名の記載がない歌。

新しい訓

> 遠しとふ　**子汝（な）の知らねに**　あほしだも　あはのへしだも
> 汝にこそ寄され

新しい解釈

> 気が進まないという、**可愛い子、あなたの「知らないから」
> という言葉に**あうときも、あわないときも、あなたに心を寄せ
> られることよ。

■これまでの訓解に対する疑問点

　すべての注釈書は、第2句の原文「故奈乃思良禮尓」の「故奈」を地
名（ただし、所在不詳）として、「故奈の白嶺」と訓んで、第2句を山
と解釈している。

　そして、一首を「遠いといふ故奈の白嶺に逢ふ時も、逢はない時も、
私はお前さんに引寄せられてゐるよ。」（澤瀉久孝『萬葉集注釋』）と、
ほぼ同旨の解釈を、他の注釈書もしている。

　しかし、なぜ遠い所にあるという、白嶺という高い山に逢うときも、
逢わないときも、と詠まなければならないのか、大いに疑問である。

■新訓解の根拠

　まず、「故奈」は、2首前にある3476番歌の原文「児奈」と同じよう
に「子汝」と訓む。「私の可愛い子、あなた」の意である。
「思良禰」は、「知らず」の已然形「知らね」と訓む。
「知る」には「親しくつきあう」の意（『古語大辞典』）がある。

「知らね」は仮定条件の「ば」を省いた形の語で、「知らないので」の意であり、「知らね」は子であるあなたが交際を拒絶する態度を示す言葉である。

　現代語でも、「知らないから」は、拒絶する態度を表す言葉である。

　つぎに、初句の「遠しとふ」の「遠し」は「親しくない」「気が進まない」（前同）の意である。

「しだ」は「時」の意、「のへ」は打消しの上代東国語。

　したがって、交際に気が進まないという、あなたの「知らない」という言葉にあうときも、あわないときも、あなたに心が寄せられる、と詠っている男の歌である。

新しい訓

　安可見山　草根刈り除け　**合はずがへ**　争ふ妹し　あやに愛しも

新しい解釈

　安可見山の草根を刈り除いて共寝の場所を作って、**どうして交合しないものか**、抵抗するそんな妹が、どうしようもなく可愛いことよ。

■これまでの訓解に対する疑問点
　第3句の原文「安波須」および「賀倍」を、どのように訓釈するか、注釈書は分かれている。

『日本古典文學大系』	「逢はすがへ」スは親愛の意。ガヘはガウへの約。「逢ったのに、はずかしがって」
『日本古典文学全集』	「合はすがへ」合ハスは下二段。ガへは、～するものか、の意の東国語の反語助詞。「させるもんかと」
澤瀉久孝『萬葉集注釋』	「逢はすがへ」「す」は敬語。「がへ」はガウへ。「逢ってくれてる上に、そんな事はないと人には争ふ」
『新潮日本古典集成』	「逢はすがへ」「す」は親愛を表わす接尾語。「へ」は「上」の意。

133

『新編日本古典文学全集』	「逢うには逢ってくれたけれども」「合はすがへ」合ハスは下二段。ここは接合させる意。ガヘは終止形を受けて、〜するものか、という反語的決意を表す東国語法。引用を示す助詞トが省略されている。この一句は相手の女の言葉。「させるものかと」
『新日本古典文学大系』	「逢はすがへ」「逢ふ」の未然形に敬語の「す」、その下に「が上（へ）」の付いた形。「逢ってくれたのに」
中西進『万葉集全訳注原文付』	「逢はすがへ」「す」は親愛の敬語。「がへ」は、が上に。「逢ってくれた上で」
伊藤博訳注『新版万葉集』	「逢はすがへ」共寝をする段になって抵抗する子。「逢ってくれながら、その端から」
『岩波文庫　万葉集』	「逢はすがへ」「逢ふ」の未然形に敬語のスと「が上（へ）」の付いた形か。「逢ってくれたのに」

■ 新訓解の根拠

「安波須」は「合ふ」の未然形に打消しの助動詞の「ず」が付いたもので、「合はず」と訓む。

「須」を「ず」と訓む例は、4384番「他都枳之良須母」（たづきしらずも）にある。

「合ふ」は男女が交合することで、「合はず」は交合しないこと。

「逢はず」と訓まないのは、第2句で「草根刈り除け」とすでに二人が逢って共寝の場所を準備しているからである。

「賀倍」の「がへ」は、上代東国語で、「どうして……なものか」の意（『古語大辞典』）。

　3420番「和波左可流賀倍」（吾は離るがへ）、4429番「於久流我弁」
（後るがへ）の例がある。
　したがって、「合はずがへ」はどうして交合しないものか、の意であ
る。
「がへ」を、3465番歌「奴流我倍尓」の例により「が上に」の約と解
する説があるが、本歌に於いては「尓」の「に」がないので、この例に
は該当しない。
　第3句を、妹が「交合させるものかと」と、妹の言葉と解釈すると、
新編古典文学全集がいうように、助詞「と」が必要であるのに、それが
ない。
　また、妹の言葉を直接詠っているとの解釈は、妹の拒否の意志が強く
響き過ぎ、この歌に相応しくない。
　言葉で強く拒否しているのではなく、妹の控え目な仕草が争って抵抗
しているように男に思わせているのである。しかし、男もそれを知って
おり、それ故に結句で「あやに愛しも」と詠んでいるのである。

東歌で「相聞」の部の歌である。国名の記載がない歌。
つぎの本体歌に対し、或る本にある歌である。

　3482　韓衣 裾のうち交へ 合はねども 異しき心を 我が思はなくに

新しい訓

　韓衣　裾のうち交ひ　合はなへば　寝なへのからに　言集り
つも

新しい解釈

　韓衣の裾のうち交いが合わないように逢わなくて、共寝をし
ていないのに、**噂が寄り集まってしまうものだなあ。**

■これまでの訓解に対する疑問点
　注釈書はすべて、結句の原文「許等多可利」を、「こといたかり」の
約の「ことたかり」であるとしている。
　しかし、「こちいたかり」を「こちたかり」と約めることは、「こち」
の「ち」の母音「い」と、つぎの「いたかり」の「い」が約されて「こ
ちたかり」となることは理解できるが、「こと」の「と」の母音「お」
と、つぎの「いたかり」の「い」音が約められて、「ことたかり」とな
ることは考えられない。
　万葉集において、「言痛み」（こちたみ）、「言痛し」（こちたし）など
の用例は10首あるが、「言痛み」（ことたみ）、「言痛かり」（ことたかり）
の例はない。
　116番歌において「許知痛美」と一字一音表記の場合、「こと」では
なく、「こち」と明らかに表記されている。

■新訓解の根拠

「許等多可利」は、**「言集り」（ことたかり）**と訓む。

「言」は噂、「たかり」は寄り集まるの意（『岩波古語辞典』）の「集る」（たかる）の連用形である。

　今でも「寄って集って」という。

　二つの「なへ」は、東国語の打消しの助動詞「なふ」の已然形と連体形である。

東歌で「相聞」の部の歌である。国名の記載がない歌。

新しい訓

麻苧らを　麻笥にふすさに　績まずとも　**明日期せざめや**
いざせ小床に

新しい解釈

麻の繊維を縒り合わせて麻桶にたくさん糸にしなくても、**明日までにするとの約束ではないのではないですか**、さあ（切り上げて）寝床に来なさい。

■これまでの訓解に対する疑問点

この歌について、ほとんどの注釈書は、夜なべ仕事をしている女に対し、麻の繊維をたくさん縒り合わせて糸にしたものを麻桶に入れなくとも、明日着なさることがあるのですか（そうでない）、さあ寝床に来なさいと、男が呼びかけた歌であると解釈している。

すなわち、「伎西」を「着せ」の意に訓んでいるものであるが、麻苧の仕事をしている人に向かって、着る状態にするためには、まだ糸を布に織り、さらに布を衣に縫う作業があるのに、「明日着せさめや」では、唐突すぎて、自然な表現ではない。

それかあらぬか、『新日本古典文学大系』および『岩波文庫　万葉集』は、定訓を採らず「きせさめや」を「未詳」としている。

■新訓解の根拠

まず、第３句の「績まずとも」の「ず」は打消しの助動詞。
また、「績まずとも」は「糸にしなくとも」の意と共に、「埋めず」す

なわち「いっぱいに満たさなく（とも）」の気持ちを掛けている。

「伎西」を「期せ」と訓み、「期す」の未然形で、「時日を約束する。」（『岩波古語辞典』）の意である。

「佐米也」は「ざめや」と訓み、「ざ」は打消しの助動詞「ず」の連体形「ざる」、「め」は推定・婉曲の「めり」、「や」は疑問の助詞で、「ざるめりや」が、「ざめや」と約まった形。

「ざめり」について、《打消の助動詞「ず」の連体形「ざる」に、推量の助動詞「めり」が付いた「ざるめり」の音便形「ざんめり」の撥音無表記》（『古語大辞典』）とあるが、本歌における「ざんめりや」は、この部分は呼び掛けの口語調の句であるので、さらに約まって「ざめや」となったと考える。

「佐」を「ざ」と訓む例は、2188番歌「手折可佐寒」（手折りかざさむ）にある。

東歌の「相聞」の部の歌である。国名の記載がない歌。

新しい訓

愛し妹を　弓束並べ巻き　もころ男の　こととし言はば　い
や奸ましに

新しい解釈

　愛しい妹を、**他にも男がいることを知って関係していて、そ**の恋敵の噂をあれこれしきりに言うのは、**ますます心がねじけ**ていることだ。

■ これまでの訓解に対する疑問点
　この歌に対する主な注釈書の解釈は、つぎのとおり。

『日本古典文學大系』
　　いとしい吾妹子よ。弓束を並べて革を競い巻くように、恋敵のこ
　　とだというのなら、私は必ず勝つにきまっているのですが。(あ
　　なたにはどうにも勝つことができません。)
『日本古典文学全集』
　　いとしい妻を　弓束に添えてまき　恋がたきの　ことだというな
　　ら　なおいっそう堅くまこう
澤瀉久孝『萬葉集注釋』
　　いとしい吾妹子よ。弓束に握革を並べまいて、自分と同じ位の男
　　の事と云ふのであつたら、いやが上にも勝たうものを。(お前さ
　　んには勝てないよ。)
『新潮日本古典集成』

　　愛しい娘、この娘を、弓束に籐を並べて巻くようにしっかとまい
　　て寝るが、俺の力があいつと変らぬというなら、もっともっとま
　　いてやるぞ。
『新編日本古典文学全集』
　　いとしい妻を　弓束に合わせてまき　恋敵のことだとあらば　な
　　おいっそう堅くまこう
『新日本古典文学大系』
　　いとしい妹よ。弓束を「なべ」巻き、相手の男の言葉だと言った
　　ら、「いやかたましに」。
中西進『万葉集全訳注原文付』
　　いとしいあの子だのに。あの子の気がかりは私と並んで求婚す
　　る、弓束を同じ程度に巻く同格の男の事だというと、いっそう心
　　はつのるものを。
伊藤博訳注『新版万葉集』
　　いとしい子よ、お前さんを、弓束に籐をしっかと巻くようにまい
　　て寝るが、俺の力があいつと変わらぬというなら、もっともっと
　　まいてやるぞ。
『岩波文庫　万葉集』
　　いとしい妻よ。弓束を「なべ」巻き、相手の男の言葉だと言った
　　ら、「いやかたましに」。

　以上、いずれの解釈についても、「愛し妹を」「もころ男の」以外の
「弓束並べ巻き」「こととし言はば」「いやかたましに」の訓解が十分でな
く、歌意に疑問がある。

■新訓解の根拠
「弓束巻き」が詠われている歌として、つぎの歌がある。

　　1330　南淵の細川山に立つ檀弓束巻くまで人に知らえじ
　　2830　梓弓弓束巻き替へ中見さしさらに引くとも君がまにまに

どちらの歌においても、「弓束巻く（き）」は男女が相手と関係をもつ

ことの意に解釈されている。すなわち、男女が関係をもつ意の「枕く・娶く」（まく）を連想させる同音の「巻く」を引き出すために「弓束」を序詞として用いているものである。

　したがって、本歌において、第2句は、現実に弓束を巻く行為を詠っているものではない。

「なべ」は「並ぶ」の連用形「なべ」で、「弓束なべ巻き」は、並行して関係をもつこと。

「もころ男」は、恋敵の男のこと。

　また、多くの注釈書は、第4句の「こととし言はば」を「ことだというなら」と解釈しているが、「こととし」は「言疾し」で「噂をしきりにすること」である。2712番歌「言急者」（こととくは）に例がある。

　末尾の原文「可多痲斯尓」を、多くの注釈書は「勝たましに」あるいは「片増しに」と訓んでいるが、「姧ましに」であり、「心がねじけて、邪悪だ。」（『古語大辞典』）の意。

「多」を「だ」と訓む例は、4113番歌「古之尓久多利來」（越にくだりき）にある。

「かだましに」の「に」は、断定の助動詞「なり」の連用形の「に」である。

「いや」は、「いよいよ、ますます」（前同）の意。

　男が、恋敵に嫉妬している自分を戒めている歌である。

これも東歌の「相聞」の部の歌である。国名の記載がない歌。

新しい訓

梓弓(あづさゆみ)　末に玉巻き　**かく好きぞ**　寝(ね)なななりにし　奥をか
ぬかぬ

新しい解釈

　梓弓の端に巻きつけた玉のように、**そのように愛着していた
のだ、**（それだから）将来を気にするあまり共寝してこなかっ
たのだ。

■これまでの訓解に対する疑問点
　第３句の原文「可久須酒曾」に対し、澤瀉久孝『萬葉集注釋』は『萬
葉集略解』に「『宣長云、かくすゝぞは如此爲爲(カクスス)にて、俗にかくしいし
いと言ふが如しと言へり』とある（3564）。」と言い、動詞「す」の終止
形を重ねて、しつゝの意とした、と注釈している。
　他の注釈書もこれに従い、「すす」は反復・継続を表す古い語形とし
ているが、疑問である。
　それは、多くの注釈書は「梓弓の末に玉を巻いてこんなに大事にしな
がら、」（『岩波文庫　万葉集』）と訳しているが、「須酒」を「しながら」
と訓解した場合、「大事に」に当たる詞の表記がないことになるからで
ある。

■新訓解の根拠
「可久須酒曾」の「須酒」を、名詞「**好き**」のスキと訓む。
「好き」は、「**異性に愛着すること**」（『古語大辞典』）である。

1809番歌「須酒師競」の同じ漢字「須酒」を「好き」と訓むべきことは、本シリーズⅢにおいて記述のとおりであり、後掲3564番歌に「すき（隙）」がある。

　各古語辞典には、「好き」について万葉集の訓例を掲げていないが、万葉集の歌にも、少なくとも上記2例があることは明らかである。

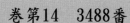

巻第14　3488番　　　　　　　　　　（枕詞説）

東歌の「相聞」の部の歌である。国名の記載がない歌。

新しい訓

> 　**覆ふしもと**　この本山の　真柴にも　告らぬ妹が名　象に出
> でむかも

新しい解釈

> 　**覆い隠そうと、**この本山の真柴ではないが、本当にしばしば
> もしゃべらない妹の名が、占いの象に出てくるかもしれない。

■これまでの訓解に対する疑問点

　定訓は、初句の原文「於布」を「生ふ」、「之毛等」を「木の若い枝」
である「楉（しもと）」と訓むものである。そして、「生ふ楉」の「も
と」を第2句の「本山（もとやま）」の「もと」にかけた枕詞としてい
る。

　しかし、「生ふ楉」を枕詞にし、第3句に「真柴にも」と同種の詞を
重ねることに疑問がある。

■新訓解の根拠

「於布」を「覆ふ」と訓み、「之毛」は「しも」で、副助詞「し」＋係助
詞「も」の連語であり、特立強調の意（『古語大辞典』）。

　初句「覆ふしもと」は、第4句にある「妹が名」を覆い隠そうと、の
意である。

「於布」を「覆ふ」と訓むことは、「布を於いて」覆うの用字から推定
できる。

「真柴にも」は、つぎの「告らぬ」を修飾し、「本当にしばしばしゃべ

らない」の意を、掛けている。

「本山の真柴」を詠み込んでいるのは、占いをするとき骨などを焼く燃料として、本山の真柴が使われたからと思われる。

　しば（柴）しば（柴）も、告らないのに、柴を燃やして占えば、妹の名前が象に現れるという趣向の歌である。

　なお、『岩波文庫　万葉集』は、「3484からの7首は器財に寄せた歌だろうが、これは『しもと』を『筍（しもと）』と理解して器材としたか。」と解説しているが、占いに用いる「本山の真柴」を器材にしているもので、上述のとおり『筍（しもと）』が詠まれている歌ではない。

東歌の「相聞」の部の歌である。国名の記載がない歌。

新しい訓

梓弓（あづさゆみ）　**寄らの山邊の**　繁（しげ）かくに　妹ろを立てて　さ寝処（ねど）払ふも

新しい解釈

〈梓弓〉**よく身を寄せる山辺の逢瀬の場所は、**人目が多いので妹を見張りに立たせて、寝場所を払って準備したよ。

■これまでの訓解に対する疑問点

第2句の原文「欲良能夜麻邊能」の「欲良」を、多くの注釈書は地名とし、所在は不詳としている。

しかし、3478番歌などと同じように、安易に地名とする通弊である。

また、多くの注釈書は、第3句原文「之牙可久尓」の「しげかくに」を草木が茂っているところの意に解しているが、「茂」ではなく「繁」の方であり、「繁し」は「人目」などを受けてうるさい、煩わしい意（『古語大辞典』）である。

■新訓解の根拠

「欲良」は、「寄る」の名詞「寄り」の訛りの「**寄ら**」と訓む。身を寄せるところ、の意。初句の「梓弓」は「寄る」にかかる枕詞。

第3句「繁かくに」は「繁けくに」の訛りで、「繁し」の未然形「繁け」に、用言を体言化する接尾語「く」が付いたもの。

つぎの句の「妹ろを立てて」は、寝処を作る間に人が近づいて来て、見つからないように妹に見張りをさせていること。

この歌の作者は、しばしば妹をこの場所に連れて寄っていることは、結句で「さ寝処払ふも」と詠い、新しく寝処を作る場合の表現である「草を刈る」などの表現でなく、前から使用している寝処のゴミを払う、と詠んでいることで分かる。

　すなわち、そこは草叢ではなく、いつも逢瀬の場所にしている山辺にある小屋の物陰であったと思われる。

東歌の「相聞」の部の歌である。国名の記載がない歌。

新しい訓

> 遅速も　汝をこそ待ため　向つ峰の　椎の木宿の　逢ひは違
> はじ

新しい解釈

> 　来る時間が後先になっても、あなたを待ちましょうけれど
> も、向こうの峰の椎の樹の下の宿りで逢うことは間違いないこ
> とですから。

■これまでの訓解に対する疑問点
　第4句に詠われている「椎」は、常緑の高木で、現代でもよく見かけ
る樹である。
　椎の種類である「ツブラジイ」「スダジイ」などは、大きいものは高
さ20〜30mぐらいの大木となり、こんもりとした姿となる。
　この歌には「或本の歌」として、「椎のさ枝の」と詠まれている句が
あるので、原文「四比乃故夜提能」（しひのこやでの）の「こやで」を
「こえだ」の訛り、あるいは音転として「椎の小枝」と訓むことが大勢
となっている。
　そして、小枝が結句の「逢ひ」を起こす序として、「枝の互生してい
る所から、第五句を導く序。」（『日本古典文學大系』）、「椎の小枝が互い
に交差するのでかけたという。」（『日本古典文学全集』、『新編日本古典
文学全集』も同旨）と説明されている。
　しかし、椎の小枝が対生（葉が茎の一つの節に二枚向かい合ってつく
こと）であるならばともかくも、椎の葉は互生（葉が茎の一つの節に一

枚ずつ方向をたがえてつくこと）であるから、「違ふ」を導くことはできるが、互生を「逢ひは違はじ」の序というのは不適切である。

また、万葉時代の人が木の枝の「対生」「互生」の知識が一般的にあり、それを歌に詠みこんだというのも、信じ難いものがある。

そもそも、「或本の歌」に「さ枝」（佐要太）と詠われているから、「こやで」が「こえだ」であると訓むこと自体に無理があると考える。

■ 新訓解の根拠

「こやで」は「**木の宿**」の意味の「こやど」であり、「で」は「ど」の訛りである。

『古語大辞典』の「て〔格助〕」の項において、「上代東国語形。格助詞『と』に相当する。」とし、用例として、万葉集のつぎの歌を掲げている。

> 4346　父母が頭掻き撫で幸くあれて（天）言ひし言葉ぜ忘れかねつる

上の「幸くあれて」は「幸くあれと」、「言ひしけとばぜ」は「言ひしことばぞ」であり、「と」が「て」、「こ」が「け」、「ぞ」が「ぜ」と、いずれも母音「オ」が「エ」に転じているものである。

同辞典の 語誌 によれば、東国語の中でも、駿河の国に多くみられるとある。

本歌が駿河の国の歌かどうか不明であるが、東国の歌であるから、「故夜提」（こやで）が「こやど」の転であることは十分考えられる。

したがって、「こやで」は「こやど」であり、「木宿」である。

椎の大木はこんもりとした姿で、常緑であるから、その樹の下は人が宿るのに適しており、待ち合わせにもよく分かる場所であったのであろう。

なお、本歌には「或本歌日」として、つぎの歌がある。

遅速も君をし待たむ向つ峰の椎のさ枝の時は過ぐとも

　この歌の「椎のさ枝の　時は過ぐとも」は、椎の実が熟する秋の季節は過ぎたけれど、椎の樹の下で待ち合わせしましょう、の意である。

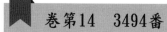

東歌で「相聞」の部の歌である。国名の記載がない歌。

定訓

> 子持山　若かへるでの　**紅葉^{もみつ}まで**　寝もと我は思ふ　汝はあどか思ふ

新しい解釈

> 子持山の若かえるでが**紅葉するように、あなたと揉み合い体が赤く色なすまで**寝ようと思う。あなたはどう思いますか。

■これまでの解釈に対する疑問点

　この歌の訳文として、『岩波文庫　万葉集』は「子持山の若いカエデが色づくまで共寝していようと私は思う。おまえはどう思うか。」で、他の注釈書も同旨である。

　すなわち、若いカエデが色づくまでの期間、共寝したいと詠っていると解しているものである。私は、いかに誇張的・希望的に共寝の期間を詠むとしても「若かへるでの　もみつまで」と詠むことは何カ月もを意味し、不自然さを感じる。

　歌の本当の歌趣は、別にあると考える。

■新解釈の根拠

「もみつ」の「もみ」は「揉む」の連用形で、「つ」は確認・強調の助動詞である。

「揉む」の意味に「入り乱れて押しあう。押しつける。」(『旺文社古語辞典新版』)があり、「もみつまで」は共寝の期間を言っているのではなく、二人が入り乱れてからみ合い、押し合って共寝したいと、男が共寝

の態様についての希望を詠んでいるものであり、女にも同意を求めているのである。

　すなわち、「揉みつ」を導くために「子持山　若かへるでの」と詠んでいるのであり、単に「紅葉する」の「もみつ」ではないのである。「梢より風に揉まるる花ならば」〈散木集〉（前同）とあり、木の葉や花が揉まれるという用例があり、また、「若かへるで」は初々しい若い女の手のひらの形を連想させるので、手の動きである「揉む」が導かれるのである。

東歌の「相聞」の部の歌である。国名の記載がない歌。

新しい訓

> 橘の　高麗（こば）のはなりが　思ふなむ　心うつくし　いで吾は如
> 何な

新しい解釈

> 橘の花のような高麗のはなり髪の少女が、自分のことを思っ
> てくれているようだ、可愛い心根であることよ、さあ自分はど
> うであろうか。

■ これまでの訓解に対する疑問点

　定訓は、第2句の原文「古婆乃波奈里我」の「古婆」を、4341番歌
の「多知波奈能　美袁利」の「美袁利」と同様に地名として訓んでい
る。

　しかし、「古婆」の所在は明らかではない。

　また、「橘の　古婆の」を地名と訓むことにより、結句の末尾の原文
「伊可奈」をそこに行きたい意の「いかな」と訓んでいるが、疑問であ
る。

　万葉集において、「行く」の意の「いく」の仮名書き例が7例あるが、
すべて字余りの句に用いられている（『古語大辞典』 語誌 草野梅乃）。
本句は「いであれはいかな」と8字であるが、「あ」の単独母音が含ま
れているので字余りではなく、「ゆく」を「いく」と表記して字余りを
解消する必要がないからである。

■新訓解の根拠

「古婆」の「こば」は「こま」の訛りで、「高麗」のことである。

「ま」と「ば」が音転することは、「万」を「まん」とも「ばん」とも訓むことで分かる。

「高麗」は、朝鮮半島にあった国・高句麗のことであり、万葉の時代、唐・新羅軍に高句麗が滅ぼされたため、日本に渡来して帰化し、武蔵国に多く移住していた。このように「古婆」は国名であり、単なる地名ではない。

「多知婆奈」は「橘」で花木の名である。

「橘の　高麗のはなりが」は、橘の花のような清楚な高麗の帰化人のはなり髪の少女が、の意である。

「思ふなむ」の「なむ」は「らむ」の訛りで、推量の助動詞である。

「心うつくし」は「素直でかわいらしい」(『古語大辞典』)の意。

　結句の「伊可奈」は「如何な」と訓んで、意外なことに驚いている気持ちを表現している。

　帰化人である少女の純情に躊躇いを表した歌である。

　定訓のように、橘の古婆というところに行きたい、と詠っているのではない。

これも東歌の「相聞」の部の歌である。国名の記載がない歌。

定訓

> 　川上の　根白高萱（たかがや）　**あやにあやに**　さ寝さ寝てこそ　言に出にしか

新しい解釈

> 　川の上流に生えている背の高い萱が、急流に洗われていつも根元が白く表面に現れているように、私たちも**表面に現れるほどたびたび共寝をした**ので、噂になったのだ。

■これまでの解釈に対する疑問点

　第3句の原文「安也尓阿夜尓」の定訓は「あやにあやに」であるが、その解釈は分かれている。

『日本古典文學大系』は「怪シのアヤを繰返した語。魂も失って。」、『日本古典文学全集』は「ここは、ねんごろに、といったような意味の情態副詞として用いたか。」であり、全く解釈が異なる。

　また、澤瀉久孝『萬葉集注釋』は「カヤとアヤと類似音をくりかえした序」といい、さらに「あやに」をくりかえして、その意を強調したとし、「あやにあやに、ほんにほんに」と訳している。

　以上の解釈では、なぜ「根白」の高カヤと詠んでいるのかの説明がつかず、不審である。

■新解釈の根拠

「**あや**」は「**文**」のアヤで、「自然現象や物の表面に現れる模様や筋目。」（『古語大辞典』）のことである。

「あやにあやに」は、この名詞「あや」に状態を示す格助詞「に」をつけて、繰り返したものである。

　すなわち、高萱の根元が川の上流の激しい流れに常に洗われて、根の表面が白く現れるようになるように、の意である。

　それと同じように、歌の作者も何度も密会をしているので、隠すべき密会が表面化して明白となり、噂になったものだと観念している歌である。

　隠れている高萱の根が白く顕わになることに、自分たちの密会も人に明白になったことを導いているのである。

　本歌の「あや」は「表面に現れる」の意で用いられているもので、「怪し」の「あや」でも、「ねんごろ」の意でも、カヤの類似音として繰り返されているものでもないのである。

東歌の「相聞」の部の歌である。国名の記載がない歌。

新しい訓

> 岡に寄せ　我が刈る萱の　さね萱の　まことなごやは　**寝ろ**
> **と〔ヘ〕なかも**

新しい解釈

> 　陸の方に寄せ集めて私が刈っている萱の、根萱のほんとうに
> 柔らかいのは、**その上で私に寝ろと生えている所なのかなあ。**

■これまでの訓解に対する疑問点

　第４句までは、「岡の方へ寄せて私が刈るかやの、根かやのやうに、ほんとに柔やかなのは、」（澤瀉久孝『萬葉集注釋』）の解釈で、異論はない。

　問題は、結句の「寝ろとへなかも」の「へな」（原文は「**敝奈**」）の部分で、語義未詳である。

　多くの注釈書は、難解としながらも「ヘナ」は「イハナ」あるいは「イハヌ」の訛りとして、「寝ようと言わないことだ」（『日本古典文学全集』）、「寝よと云ふのであらうかナア。」（前掲澤瀉注釋）と解釈している。

　しかし、「へ【言】エ〔動詞『い（言）ふ』の已然形『いへ』の約〕上代東国語形。言え。」であることは、『古語大辞典』に掲載されているが、本歌において「へ」は已然形として用いられていないので、「言ふ」の訛りではない。

■新訓解の根拠

「へな」の「へ」は「ふ」の母音転換形である。

「ふ」は「生」で名詞、「植物が生い繁る所」(『古語大辞典』)である。

　今でも、「芝生」(しばふ)という。

　本歌は東歌で、東歌ではハ行の母音転換が、多くみられる。

　　　3476番歌(こふし←こひし)　3478番歌(あほしだも←あふしだ
　　　も)　3531番歌(おもへる←おもふる)　3539番歌(あやほかど←
　　　あやふけど)

「へな」の「な」は、「《断定の助動詞「なり」の連体形「なる」の撥音
便「なん」の撥音無表記》」(前同)である。「へな」は、「生なん」の
「ん」が表記されない形。

　したがって、結句の解釈は「寝なさいと生えている所なのかなあ」で
ある。なお、「寝ろと」の「と」は格助詞で、「状態を指示して下へ続け
る。……というふうに。」(前同)である。

　この歌に詠まれている萱はおそらく水辺に生えている「スゲ」であ
り、水辺のスゲを刈り取って陸の地面に並べると、根の部分が白いの
で、まるで白い布団を敷いたような情景だったのであろう。

東歌の「相聞」の部の歌である。国名の記載がない歌。

定訓

> 紫草は　**根をかも終ふる**　人の子の　うらがなしけを　寝を終へなくに

新しい解釈

> 紫草は**根**を染料として、あのようにもまた一生を終える、自分は人の子として悲しいことにまだ共寝を終えていないのに（一生を終えてしまう）。

■これまでの解釈に対する疑問点

　第2句の原文「根乎可母乎布流」の「**可母**」（かも）について、澤瀉久孝『萬葉集注釋』は「疑問又は反語にとる説があるが、それでは結句と對照して歌意を全くしない。」とした上で詠嘆であるとする説に従い、「これは萬葉としては珍しい古調とみるべきであろう。」といい、中西進『万葉集全訳注原文付』は「『か』は疑問。独詠になると自問。末尾の『に』と対応して詠嘆が強い。」と注釈している。

　私は、「か」は助詞の「かも」あるいは「か」ではない、と考える。

■新解釈の根拠

「可母」の「**か」は指示代名詞**、「も」は同列の暗示の係助詞である。

「か」の指示代名詞の例は、3565番歌「可能古呂等」（かの子ろと）にある。

　紫草は根を染料にして、「あのようにもまた」一生を終える、の意である。

　この歌においても、注釈書は指示代名詞「か」の理解が不十分で、これまでの万葉歌訓解の通弊の例である。

　紫草は、最後は根を染料として生を終えることに、根の「ね」に共寝の「ね」を掛けて、紫草さえあのように生を終えるのに、人の子である自分は悲しいことに「ね（共寝）」をしていないのに（生を終えてしまう）、と詠んでいるものである。

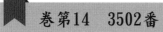

「東歌」の「相聞」の部の歌である。国名の記載がない歌。

新しい訓

わが愛妻（めづま）　人は放（さ）くれど　朝顔の　**稔（とし）さへこごと**　我は離（わ）離（さか）る
がへ

新しい解釈

　　私の可愛い妻を、他人は引き裂こうとするけれども、あの
桔梗（ききょう）の花の**種さえも硬い実の中に固まって入っているように、**
どうして私たちは離れることがあろうものか、いや離れない。

■これまでの訓解に対する疑問点
　第４句の原文「**等思佐倍己其登**」の「**等思**」を『日本古典文學大系』、
澤瀉久孝『萬葉集注釋』および中西進『万葉集全訳注原文付』は、いず
れも年月の「年」と訓解した上で、下記のように説明しているが、不自
然であり、納得できるものではない。

　　古典文學大系
　　　「幾年でも、私は決して離れはしない。」「朝貌の —— 枕詞。サク
　　　にかかる。年さへこごと —— 日月はおろか年までも。」
　　澤瀉注釋
　　　「朝顔のやうなあの人を、年まで幾年たたうとも私は離れる事が
　　　あらうか。」
　　中西全訳注
　　　「朝顔が毎年からまるように私はどうして離れよう。」「さへこご
　　　と」は、「サヘク如か。サフ（障）の再活用で朝顔を蔓草とする

と、絡まるように、の意となる。」

『日本古典文学全集』、『新潮日本古典集成』、『新編日本古典文学全集』、『新日本古典文学大系』、伊藤博訳注『新版万葉集』および『岩波文庫万葉集』は、いずれも「としさへこごと」の訓のままで、解釈をしていない。

　万葉の時代に比べ、現代では人々が植物の生態を身近に知り得ないことが、この歌を難訓歌としている原因である。

■新訓解の根拠

　この歌の前後は、草花に譬えて男女の愛を詠っている歌であるから、この歌は「あさがほ」に譬えて男女の愛を詠んでいる歌と推測できる。

　万葉の時代、「あさがほ」は何の花を指していたか、キキョウ、ムクゲ、アサガオ、ヒルガオ等の諸説があるが、ここではもっとも有力説である「キキョウ（桔梗）」の花と想定する。

　第3句および第4句以外の歌句の意味は明らかで、「私の可愛い妻を、他人は引き裂こうとするが、私は離れるものですか。」である。

　それゆえに、第3句・第4句は、桔梗の花の何かを「離れない」ことの譬えとして詠っていると推察できる。この譬えを考えるとき、つぎの2首が参考になる。

> 2275　言に出でて云はばゆゆしみ朝顔の穂には咲き出ぬ恋もするかも
> 2783　我妹子が何とも我れを思はねばふふめる花の穂に咲きぬべし

　両歌に詠われている「穂」は、本来はイネ科の植物の花序のことであるが、他の植物についても高く突き出ている茎の先端に花や実が付いている状態にも用いられる。

　桔梗は花が終わるとその部分に、花の姿から想像できないことであるが、厚く硬い外皮をもつ壺形の大きな実ができ、その実の中がさらに小部屋に分かれていて、内に小さい種がたくさん入っている。

　そのことを、2275番歌は、「朝顔の穂には咲き出ぬ」と詠っており、

花ではなく、種の入っている実の状態を指している。

　私は、本歌においても、作者は桔梗のそのような実に収まっている種の姿を想定して、「離れない」ことの譬えにしていると考える。

「**等思**」は「**稔**」と訓む。「稔」は「禾」（作物）に「念」（中にふくむ、いっぱいつまる）の会意兼形声文字（『学研漢和大字典』）で、実の中に種がいっぱい含まれていることを表している。

「朝顔の稔さへ」は、「桔梗の実に入っている種さえ」の意。

「こごと」は形容詞「こごし」の語幹に「と」がついたもので、意味は、凝り固まった状態のことである。「がへ」は、「どうして……なものか、いや……でない。」との反語の意。

　歌の解釈は、私の可愛い妻を、他人は引き裂こうとするけれども、あの桔梗の花の種さえも硬い実の中に固まって入っているように、どうして私たちは離れることがあろうものか、いや離れない、という意である。

　桔梗の花は可憐な印象を与えるが、前述のとおり、その種は思いのほか硬い大きな実の中に包まれて固まって入っており、外から取り出してばらばらにするのは容易ではない状態であるので、このことを離れ難い男女の愛を詠う譬えとして用いているものである。

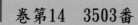

「東歌」の「相聞」の部の歌である。国名の記載がない歌。

新しい訓

> **あぜか象**（がた）　潮干の寛（ゆた）に　思へらば　うけらが花の　色に出め
> やも

新しい解釈

> 　**どうしてか**（鹿の骨や亀の甲を焼いて、そのひび割れの形で
> 占う）**占いの結果**を潮干のようにゆっくりと現れると思ってい
> たら、早く出たので、うけらの花のようにまともに顔色に出た
> だろうかもよ。

■これまでの訓解に対する疑問点
　定訓は、初句の原文「**安齊可我多**」を「あぜか潟」という潟の名称と
して訓んでいるが、所在は不明とする。
　しかし、これまでの訓解に多い「地名説」の一例であり、疑わしい。

■新訓解の根拠
　初句の原文のうち、「**安齊可**」を「**あぜか**」と訓む。
「なぜか」に相当する上代東国語である（『古語大辞典』）。
　この歌の少し後にある東歌3513番歌に「安是可多要牟等」（あぜかた
えむと）とある。
　初句の残りの原文「我多」は「がた」と訓み、占いの「象」である。
「象」の「かた」に、潮干の潟の「がた」を連想させている。
　この歌において、占いの方法は不明であるが、歌の作者が思っていた
より占いによって早く判断され結果が出て、作者は顔色から分かるぐら

165

い動揺したのであろう。

　うけらの花は、茎の先端に上を向いて咲き、花の色がまともに見える
ので、つぎの歌のように人の顔色に出るという表現に用いられる。

　　3376　恋しけば袖も振らむを武蔵野のうけらが花の色に出なゆめ

東歌で「相聞」の部の歌である。国名の記載がない歌。

新しい訓

> 新室<ruby>新室<rt>にひむろ</rt></ruby>の　**如きに至れば**　はだ薄　穂に出し君が　見えぬこの頃

新しい解釈

> **新妻になるごとき話になったら、**〈はだ薄〉よく顔を出していた君が来なくなったこの頃だ。

■これまでの訓解に対する疑問点

　第２句の「許騰伎尓伊多禮婆」の「許騰伎」を「蠶時」と訓み、「こときは蠶時なり」といったのは契沖『萬葉代匠記』であり、現代の注釈書はこれを引き継いでいるものである。

　しかし、東歌では、これまで掲出したように、「時」は「しだ」と多く詠われており、養蚕の時の意味の「蠶時」ではないと考える。

■新訓解の根拠

　初句の「新室」は、新築落成した家、または部屋（『古語大辞典』）のことである。

　定訓の解釈では、新しい蚕室で養蚕する時期になったのでの意になるが、蚕室を新しくする時期が定まってあったかどうか、疑問である。

「室」には「奥べやに住む夫人。」の意があり、「室人（つま）」「令室（奥さま）」（以上、『学研漢和大字典』）の語がある。

「許騰伎」を「如し」の連体形「如き」と訓む。

　したがって、上２句は「新妻になるごとき話になったら」の意であ

る。

「穂に出づ」は「表に現れ出る。人目につく。」(『古語大辞典』)の意。

　下３句は、「よく顔を出していた君が来なくなったこの頃だ」と解釈する。

　すなわち、正式の結婚話になったら、姿を現さなくなった相手を詰っている歌である。

　養蚕と、何の関係もない歌である。

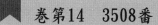

東歌で「相聞」の部の歌である。国名の記載がない歌。

新しい訓

> 芝付きの　みうら咲きなる　ねっこ草　相見ずあらば　我恋
> ひめやも

新しい解釈

> **芝が長く生えている内に（ひっそりと）咲いている根っこ草**
> のあなたと、共寝をしていないので、私はこんなに恋しく思う
> だろうか。

■これまでの訓解に対する疑問点
　定訓を採る注釈書は、初句の原文「芝付乃」の「芝付」を、第2句の
原文「御宇良佐伎奈流」の「御宇良佐伎」（崎）にある地名と解してい
る。
　「御宇良崎」を三浦半島の「三浦崎」かとする説があるが、それでは
「芝付乃」が三浦崎の枕詞になるが、「芝付」の語は不詳とされている。
　私は、「芝付乃　御宇良佐伎」は地名ではないと考える。

■新訓解の根拠
　初句「芝付乃」の「芝付」は訓字表記であり、この歌が登載されてい
る巻第14「東歌」は初句（固有名詞を除く）を含め、すべて一字一音
表記であるので、違例である。
　「芝」を訓字として訓めば「芝生」の「芝」であるが、今日、連想する
刈り込んだ短い芝ではない。
　886番歌「芝取り敷きて　床じもの」、1048番歌「道の芝草　長く生

ひにけり」、2777番歌「道の芝草　生ひずあらましを」で分かるように、当時の芝は、膝ぐらいまで伸びるものである。

「付き」は「しっかりと或る位置・場所を占める」（『岩波古語辞典』）の意で、「芝付き」は芝がしっかり生えている場所の意味である。今でも、「芝付きが良い」などと用いられる。

「宇良」を「うら」と訓んで、「内（うち）」あるいは「下（した）」の意に用いている。例は、3750番「安米都知乃　曾許比能宇良尓」（天地の　底ひのうらに）にある。

「佐伎」は「咲く」の名詞「咲き」。

　上３句の解釈は、「芝草の内に咲いているねっこ草」で、それは歌の作者の恋人のことでもある。

　人目につかない長い芝草の中で共寝をしたい女性のことを、「寝っこ」に掛けて、芝の中に咲いている「ねっこ草」と呼称しているのである。

　それ故に、「みうら咲きなる」と「み」の美称を付け、「咲き」と名詞形で訓んでいる。

「ねっこ草」は「おきな草」であろうといわれているが、おきな草も、芝も、日当たりの良い場所に咲くので、状況は整合している。

東歌で「相聞」の部の歌である。国名の記載がない歌。

定訓

> 栲衾（たくぶすま）　白山風（しらやま）の　**寝なへども**　子ろが襲着（おそき）の　あろこそえ
> しも

新しい解釈

> 〈栲衾〉白山風は音を出して**寝ずに吹いてくるけれども**、私は
> あの子の上衣がある、すなわち一緒に寝ているので、眠れなく
> て却っていいのだ。

■これまでの解釈に対する疑問点

　この歌の『日本古典文学全集』の訳が、「(栲衾) 白山風の　寒さで眠
れないが　あの娘のおそきが　あるのは嬉しい」であるように、ほとん
どすべての注釈書は「白山風」が「寒い」と解釈している。

　すなわち、「白山風」が、寒いものであると決め込んで、歌の作者が
「眠らない原因」を、その寒さに求めているが、歌の句に「寒い」の語
はなく、かつ「白山風の」の「の」に原因を表す意味があるとは思われ
ない。

■新解釈の根拠

　注釈書の訳文は、多く第3句の「宿奈敝杼母」（ねなへども）を歌の
作者が寝ることができない、と解釈している。そして、その前の句であ
る「白山風の」と結び付かないため、「寒さで」という詞を勝手に挿入
しているものである。

　私は、「白山風の」の「の」を主格を示す格助詞と考え、「ねなへど

も」はその述語とみる。すなわち、寝ないのは白山風である。「なへ」は打消し。

　風が休みなく吹くことを、風が寝ないで吹く、と表現しているのである。

　もちろん、それは、歌の作者も、白山風で眠れないことを響かせている。

　また、「ねなへども」は「音なへども」を掛けている。「なへ」は接尾語「なふ」（四段活用）の已然形で、「名詞などについて、なす、行うなどの意の動詞をつくる。『商なふ』『占なふ』など。」（『古語大辞典』）であるから、「（白山風の）音はすれども」の意を掛けていることになる。

　この歌の第３句「ねなへども」は、白山風が「寝ないこと」と「音を出す」ことを掛けていることが、興趣である。

　下句の「子ろが襲着の　あろこそえしも」の、「子ろが襲着の　あろ」すなわち子ろの上着があるということは、子ろと共寝していることである。

　一人で寝ている場合は、白山風が吹いてうるさい夜は眠れなくて困るが、子ろと共寝している時は眠れないのは、むしろ「善し」、好都合だというのである。

「こそ」は、「却って」の気持ちを表している。

　3530番歌に「行かくし良しも」の例がある。

「栲衾」は「白」にかかる枕詞。

東歌で「相聞」の部の歌である。国名の記載がない歌。

新しい訓

　　我が面の　忘れむしだは　**國放り**　嶺に立つ雲を　見つつ偲
はせ

新しい解釈

　　私の顔を忘れそうなときは、**諸国をさすらって**山の嶺に立っ
ている雲を見て、私を偲んでください。

■これまでの訓解に対する疑問点
　定訓は、第３句の「久尓波布利」を契沖『萬葉代匠記』が「国溢り」
と訓んだことに従い、旅に出る歌の作者が、故郷の地上から湧き上がる
雲を見て、私を偲んでください、の意と解している。
　「國」を故郷の土地と解しているが、疑問である。

■新訓解の根拠
　歌の作者が、これから諸国を放浪することになるが、雲も諸国をさす
らって故郷の嶺に立つので、自分の姿を雲に託して詠んでいる歌と解す
べきである。
　「國」は、郷里のことではなく、歌の作者がこれから行く諸国のことで
ある。
　「はふり」は「放り」のことで、「さすらふ。」（『古語大辞典』）、**「放浪
する。」**（『岩波古語辞典』）の意である。「しだ」は「とき」の意。
　歌の相手に対し、嶺に雲が立つのを見て、同じように諸国をさまよっ
ている、自分の面を偲んでください、との歌である。

東歌で「相聞」の部の歌である。国名の記載がない歌。

新しい訓

> 　水潜野（みくくの）に　鴨の這ほのす　子ろが上に　言折（ことを）ろ延へて　いま
> だ寝なふも

新しい解釈

> 　水に浸かっている野を鴨が挫（くじ）けながら這うように、あの娘に
> 対し**自分の気持ちを話すことに気後れして、**いまだ共寝をして
> いないことだなあ。

■これまでの訓解に対する疑問点

　多くの注釈書は、初句の原文「水久君野尓」（みくくのに）を地名か
としているが、疑問である。

　第4句の「許等乎呂」について、「言緒（ことを）ろ」と訓み、「言葉に同じ。言
葉は長くつづくので『緒ろ』をそえたものか。ロは接尾語。」（『日本古
典文學大系』）というもの、「接尾語ロは一般に体言につき、連用修飾格
の下につく例は少ない。」（『日本古典文学全集』）、あるいは「『を』『ろ』
は間投助詞。」（『新日本古典文学大系』）などがあり、見解が分かれてい
る。

■新訓解の根拠

　初句の「みくくの」は、水に潜った野、すなわち、**水に浸かった野**の
ことである。

　第2句の「這ほ」は「這ふ」の訛り、「のす」は「……のように」の
意の接尾語である。

　第4句の原文「許等乎呂波敝而」の「乎呂（をろ）」は「をり」の訛り。

「り」を「ろ」と訛った例は、3509番歌「古呂賀於曽伎能　安路許曽要志母」（子ろがおそきの　あろ〈り〉こそえしも）にある。

「をり」は「折り」で、「気がくじける。屈する。」の意（『古語大辞典』）。

　また、「延へ」の「はふ」は、「心情や言葉を相手に届くようにする。心を寄せる。言葉を掛ける。」（以上、『古語大辞典』）の意である。「下延ふ」と同様の用い方である。

　すなわち「言折り延へて」は、「自分の気持ちを言葉で伝えることに気が挫けて、気後れして」の意である。

「なふ」は、打消しの意を表す上代東国語。

　よって、一首の歌意は、水に浸かっている野を挫けながら鴨が這うように、あの娘に自分の気持ちを伝えることに挫けて、いまだ共寝をしていないことだなあ、である。

　水に浸かった野を這う鴨の不器用な姿に、自分の姿を擬えているものである。初句が、地名である筈がない。

東歌で「相聞」の部の歌である。国名の記載がない歌。

新しい訓

> 沼二つ　通は鳥が巣　我が心　二行くなもと　**なよも張りそね**

新しい解釈

> 二つの沼に、鳥が通う巣があるように、私の心も二人の女の所に行くだろうと、**決して見張らないでね。**

■これまでの訓解に対する疑問点

「通は」は「通ふ」、「行くなも」は「行くらむ」の訛りである。

　問題は、結句の原文「奈与母波里曽祢」で、多くの注釈書は、「奈」の「な」を禁止、「与」の「よ」を間投助詞、「思はり」を「思へり」の訛りとしているが、澤瀉久孝『萬葉集注釋』は「『な』の下に助詞を加へた例がない點に疑問がある。」、および『日本古典文学全集』は「ただし、ナの下に間投助詞ヨがついた例はほかにない。」とそれぞれ指摘している。

　そこで、「よ」を間投助詞と訓まない説は「よ思はり」は「思へり」の訛りとしている。

　ちなみに、『新日本古典文学大系』の訳文は「沼を二つ行き来する鳥の巣のように、私の心が二つの所へ行くだろうと、お思いなさいますな。」である。

■新訓解の根拠

　結句は「な……そね」の禁止の構文である。

　禁止の内容である「**与母波里**」は、「**よも**」「**張り**」と訓む。

「よも」は、「決して」という意の副詞。

「張り」は「張る」の連用形で、「心をゆるみなく緊張させる。」(『岩波古語辞典』) ことで、「見張る」(『旺文社古語辞典新版』) の意でもある。

　したがって、結句の意は「決して見張らないでね」である。

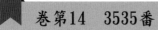

東歌で「相聞」の部の歌である。国名の記載がない歌。

新しい訓

> 己（おの）が夫（を）を 凡（あほ）にな思ひそ 庭に立ち 笑ますがからに 小間（こま）
> に逢ふものを

新しい解釈

> 自分の夫をおろそかに思うな、庭に立って、笑顔で待ってい
> たら、**すぐに駒に乗った夫に逢うことであろうから。**

■これまでの訓解に対する疑問点

　ほとんどの注釈書は、初句の原文「於能我乎遠」の「乎」は「緒」で
あり、「自分の命を」であると訓解している。

　また、結句の原文「古痲尓安布毛能乎」の「古痲」を「駒」と訓ん
で、「女の思ふ男の乗る駒」（澤瀉久孝『萬葉集注釋』）と解している。

　たとえば、『岩波文庫　万葉集』の訳は、「ご自分の命をそまつにしな
いで。庭に立ってお笑いになるだけで、彼の駒に逢えるのだから。」で
ある。

　しかし、第４句の「からに」以下の歌句の解釈が不明であることを、
多くの注釈書が認めている（『日本古典文学全集』、中西進『万葉集全訳
注原文付』など）。

■新訓解の根拠

　初句の「乎」は、「男」の「を」で、女にこの歌を贈った夫のことで
ある。この男が、遠くにいることは、初句の末尾の「夫を」の「を」
に、「遠」を用いて表現している。

　また、結句の「古痲」は「小間」（こま）と訓み、「少しの間」「すぐに」の意である。「小間」は、あまり小慣れない詞であるが、女が自分の夫をおろそかにせず、庭に立って笑顔で待っていたら、すぐに駒に乗った夫である自分に逢える、と詠っている歌で、「小間」に「駒」を響かせて用いているのである。

　類例として、3363番「待つしだず　足柄山の　すぎのこの間か」がある。

「古痲」を「駒」と訓むだけで、「小間」と訓むことに気が付かなければ、この歌を正しく訓解したことにはならない。

　また、初句の「乎」は、定訓のように、「命」の「緒」と訓むと、歌意が不明になる。

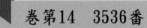

東歌で「相聞」の部の歌である。国名の記載がない歌。

定訓

> **赤駒を**　打ちてさ緒引き　心引き　いかなる背なか　我がり
> 来むと言ふ

新しい解釈

> （暗闇でも目立つ）**赤駒**を鞭打って手綱を引いて、私の心を引
> きに、一体どのような男であるか、私のもとへ来ようと言って
> いる。

■これまでの解釈に対する疑問点

　この歌は、下2句で「いかなる背なか　我がり来むと言ふ」と女が男
を詰っているが、注釈書は、なぜ詰っているか、それが赤駒とどういう
関係があるのかを説明したものはない。

　万葉集に、赤駒を詠った歌が本歌のほか10首あるが、男が女のもと
へ赤駒で通った歌はつぎの一首だけである。

　2510　赤駒が足掻速けば雲居にも隠り行かむぞ袖まけ我妹

　この歌において「雲居にも隠り行かむ」と詠っているのは、夜、人知
れず女のもとに行くときは、赤馬は走りは速いが他人の目に留まりやす
いので、雲居に隠れて行くと言っているのである。

　夜、女のもとへ通うときは黒馬（くろま）に乗って行ったことが、つ
ぎの3首で分かる。

525　佐保川の小石踏み渡りぬばたまの黒馬来る夜は年にもあらぬ
　　　か

3303　（長歌の部分）ぬばたまの　黒馬に乗りて　川の瀬を　七瀬
　　　渡りて　うらぶれて　夫は逢ひきと

3313　川の瀬の石踏み渡りぬばたまの黒馬来る夜は常にあらぬかも

■新解釈の根拠

　この歌の作者の女が、馬に乗って、自分の心を引きに来ようとしている男を、どんな男かと詰っているのは、前述のように黒馬ではなく、**夜目にも留まりやすい赤駒**に乗って女の家に来ようとしているからである。

　電灯の明かりのない当時、夜は暗闇で、黒い色の馬であれば、家の近くに何時間も馬を繋いでおいても闇に紛れて人目につきにくいが、赤毛の馬はいくら暗闇とはいえ、馬は大きいので人目につきやすく、男が通ってきていることが他人に知られやすいので、男の無神経さを詰っている歌である。

『岩波文庫　万葉集』は、「男に言い寄られた女の歌であろうが、どのような気持か読み取れない。」といい、『日本古典文学全集』は「自分を慰みものにしたあげく捨てた男からまた逢いたいと言われて詠んだ女の歌か。」であるのに対し、中西進『万葉集全訳注原文付』は「処女の立場の集団歌。描写に夢がある。」と正反対の解釈である。

　これらは、万葉集に詠まれている「赤駒」あるいは「黒駒」の意味をよく理解していないことから、それぞれ想像豊かに解釈しているが、歌の作者の渋面が見えるようである。

東歌で「相聞」の部の歌である。国名の記載がない歌。

新しい訓

> 　小林に　駒を馳ささけ　心のみ　妹がり遣りて　我はここに
> して

新しい解釈

> 　馬に乗って林を馳せさせて、妹に逢いたいという気持ちを晴
> らし、心だけは妹のところに行かせ、自分の体は林の中にいる
> 状態である。

■これまでの訓解に対する疑問点
　3538番の本体歌はつぎのとおりで、「或本歌發句曰」として、上掲太字の上2句がある。

　　　3538　広橋を馬越しがねて心のみ妹がり遣りて我はここにして

　或本歌第2句「古麻乎波左佐氣」を「駒を馳ささげ」と訓むことは、各注釈書は一致しているが、その解釈はつぎのとおり分かれている。

『日本古典文學大系』	駒を自由に駈けさせていて（馬がないので）。
『日本古典文学全集』	けがをさせる意か。
澤瀉久孝『萬葉集注釋』	馬を馳せ入れて
『新潮日本古典集成』	馬を走り込ませて、の意。馬がいなくなったことを言う。

『新編日本古典文学全集』	馬を走らせ怪我をさせる意か。
中西進『万葉集全訳注原文付』	禁樹（さえき）などに足をとら れる。
伊藤博訳注『新版万葉集』	馬を走り込ませてしまって
『新日本古典文学大系』『岩波文庫　万葉集』	（語義未詳）

■新訓解の根拠

　本体歌は馬が橋を恐れて渡れず、歌の作者も橋の手前で進めず、心だけ妹の許に遣ったという状況であり、或本歌も歌の作者が妹の許へ行けず心だけ妹の許に遣ったという状況は同じであるが、違いはその原因を林で「駒をはささけ」たと詠んでいる点にある。

　「馳さ」は「馳せ」の訛りで、「馳す」の連用形。

　原文「佐氣」は、「さけ」と訓み、「放く・離く」である。

　「さけ」は「（動詞の連用形に付いて）……をして思いを晴らす。気が晴れるように……する。」の意があり、用例として4154番「語りさけ見さくる人目」（語左氣　見左久流人眼）がある（以上、『古語大辞典』、『旺文社古語辞典新版』）。

　したがって、「駒を馳ささけ」は「馬を走らせて気晴らしをする」ことである。

　この歌の作者は、妹のもとに行きたいが、行けない何かの事情があって、気晴らしのために林の中で馬に乗って駆せさせて、心だけは妹の許に遣っていると詠んでいるものである。

　「を林」の「を」は小さい意の接頭語。

東歌で「相聞」の部にある歌。国名の記載はない。

新しい訓

> あず上から　駒の行こ〰のす　危〰はとも　人妻児ろを　**間〰ゆか**
> **せらふも**

新しい解釈

> 崖の上から馬が行くように、危なっかしくとも、人妻である
> あの子を**密通させ続けていることよ。**

■これまでの訓解に対する疑問点

　各古写本における結句の原文「**麻由可西良布母**」は一致しており、付されている訓は一字一音であるから「マユカセラフモ」と同じであるが、その意味が解せない難訓句である。

　第4句までの訓は「あずへから　駒の行こ〰のす　危〰はとも　人妻児ろを」で、その解釈は「崖の上を馬が行くように、危なっかしくとも、人妻であるあの子を」であることは、各注釈書においてほぼ一致している。

　しかし、結句の解釈は、つぎのように分かれている。

　目ゆかせらふも
　　　『日本古典文學大系』　　　　　　　「目で見てだけいられようか。」
　　　中西進『万葉集全訳注原文付』　　　「まばゆく思うよ。」
　まゆかせらふも
　　　『日本古典文学全集』　　　　　　　「未詳。こっそりと逢う、など
　　　　　　　　　　　　　　　　　　　　の意か。」

澤瀉久孝『萬葉集注釋』	（この句の解釈はなほ考ふべきであらう。）
『新潮日本古典集成』	「未詳。関心を示さずにおられない状況を言い表わす句か。」
『新編日本古典文学全集』	「難解。ひそかに逢った、というような意味か。」
『新日本古典文学大系』	結句は意味不明。諸説あるが首肯するに足りるものはない。
伊藤博訳注『新版万葉集』	「関心を示さずにはいられない意らしいが、未詳。」
『岩波文庫　万葉集』	「結句は未詳。」

　いずれの訳も、「危はとも」と詠んでいる第３句までの歌詞と調和していない、と考える。

■新訓解の根拠

　第４句までの歌詞の意が、男が人妻との関係で危ない情況を比喩的に詠んでいるので、難訓句の「ま」は、人妻との危ない「間柄」である密通を連想させる語の「間」であることが推察できる。

「ま」を一字の詞として訓まず、「まゆ」「まゆか」「まゆかせ」などのように、他の文字と一体として訓むと、訓解が行き詰まる。

「麻」を「間」の「ま」に訓ませている例は、3378番、3396番、3522番、3660番等にある。

「ま」は、「間男」の**間**で、妻が夫以外の男性と**密通すること**を意味している。

「ゆかせ」は、「行く」の未然形「行か」に、使役の助動詞「す」の未然形「せ」が付いたもので、意味は、夫と歌の作者の「間」を行かせることで「密通させ」である。

「ら」は完了の助動詞「り」の未然形で、さらに「ふ」は動作の反復・継続を意味する助動詞、「も」は感動を表す終助詞である。

　密通させること、既に行われたこと、反復していること、および感動していることを、助動詞・助詞を重ねて表現しているものである。

「あず」は崖、「へ」は「辺」と解している注釈書もあるが、「上」である。
「行このす」は東国の訛りで、「行くように」の意の「行くなす」のこと。また、「児ろ」の「ろ」は、親愛を示す語。

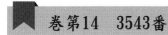

東歌で「相聞」の部の歌である。国名の記載がない歌。

新しい訓

　室蚊帳の　吊るの堤の　成りぬがに　子ろは言へども　いま
だ寝なくに

新しい解釈

　室蚊帳を吊るの「つ」の堤が完成して稲が稔るように、恋は
稔るとあの娘子は言うが、未だ共寝をしていないのに。

■これまでの訓解に対する疑問点

　初句の原文「武路我夜乃」の「むろがや」について、各注釈書は、不
詳とするもの、地名とするもの、「室草（むろかや）」として枕詞かとす
るもの（『日本古典文學大系』）に分かれている。

　第2句の原文「都留」の「つる」については、地名とするものがほと
んどで、甲斐の国の都留とする説が多い。

　私は、双方とも地名でないと考える。

■新訓解の根拠

「むろかや」の**「かや」**は**「蚊帳」**である。「むろ」は「室」で、「外気
を遮る壁のある室」（『古語大辞典』）で、「室蚊帳」は室形状の蚊帳であ
る。

「**都留**」は「**吊る**」で、室蚊帳を吊るの意で、「つる」の「つ」に「つ
つみ（堤）」の「つ」を導いており、「むろがやの　吊る」までは「堤」
を導く序詞である。

　堤には、川の流れの氾濫を防ぐ土手と、川の水を堰き止め池にする土

手とがあるが、本歌の堤は後者で、万葉の時代、稲作のために溜池用の堤が各地に多数造られていたと考えられる。

　3492番歌の「小山田の池の堤に刺す柳成りも成らずも汝と二人はも」においても「小山田」は特定の地名を指しているものではなく、本歌の「都留」も特定の地名でないと考える。

　川の流れを堰き止めて堤ができることは、水を継続的に供給する必要のある稲作を成就させるための最重要事であった。

　それ故に、万葉人は堤に成就・完成の「成る」を連想し、恋歌において、堤を恋の成就の題材として用いているものである。

　このように、本歌において、「堤」が主題であり、地名の「都留」を意識した歌ではない。

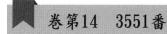

東歌で「相聞」の部の歌である。国名の記載がない歌。

新しい訓

> あぢかまの　潟に咲く波　**平背にも**　紐解くものか　かなし
> けをおきて

新しい解釈

> 〈あぢかまの〉潟に波の花が開くように、あなた（貴方）には
> 紐解き開いても、**並の男には紐解くものですか**。愛しい人をさ
> しおいて。

■これまでの訓解に対する疑問点

　定訓は、第3句の「比良湍尓母」を契沖『萬葉代匠記』の説に従い、
「平瀬にも」と訓んでいる。

　多くの注釈書は、「平瀬」を平らな瀬と解釈しているが、「情熱のわか
ない平凡な人」（『日本古典文學大系』）、「深い情のない男の比喩」（『新編
日本古典文学全集』）との注釈もある。
「あぢかま」は2747番歌「あぢかまの　塩津を指して」、3553番歌「あ
ぢかまの　かけの湊に　入る潮の」とあり、海岸の状況であるのに対
して、「平瀬」は一般的に川の瀬を言うものであるから相当ではない。
4189番歌「叔羅河　奈頭左比泝　平瀬尓波」（しくらかは　なづさひの
ぼり　ひらせにも）がある。

■新訓解の根拠

「比良湍」は、「平背」であり、前掲古典文學大系のいうように、平凡
な男、並の男である。

「あぢかまの　潟に」の「潟」は、「方」をも意味しており、「《貴人を指すのに方向をもってする用法から転じて、ある一定の人をいう》その人。あの人。」(『岩波古語辞典』) であり、本歌においては貴方 (あなた) のことである。

　4117番歌「美夜古可多比等」(みやこかたひと) は、都方人である。「平瀬」と訓む注釈書は、「深い心もないのに」(『日本古典文学全集』)、「平瀬のやうな淺いかりそめのちぎりに」(澤瀉久孝『萬葉集注釋』)、「やすやすとは」(『岩波文庫　万葉集』) などと解釈しているが、相当ではない。

東歌で「相聞」の部の歌である。国名の記載がない歌。

新しい訓

松が浦に　**咲くゑうら立ち**　ま人言　思ほすなもろ　我が思
ほのすも

新しい解釈

松が浦に**波が立っている故に、群立っている**他人の噂をお気
になさっておられるでしょうね、私も気にしているように。

■これまでの訓解に対する疑問点

注釈書は、第2句の原文「佐和恵宇良太知」の「宇良太知」は「うら
だち」で「むらだち」の訛り、すなわち「群立ち」であるとしている。

問題は「佐和恵」の3文字で、難訓である。「さわゑ」と仮名読みで
きるが、語義が明らかでないからである。

多くの注釈書は、「さわ」の語義を「波が騒ぐ」の意に解釈し、「ゑ」
は、間投助詞あるいは接尾語としている。

しかし、「さわ」だけで「波」が騒ぐ意をひきだすことに無理がある。

また、「ゑ」はどのような意味を付加しているものか明らかでなく、
措信しがたい。

■新訓解の根拠

本歌の直前にある、つぎの歌が参考になる。

3551　阿遲可麻の潟に咲く波平背にも紐解くものか愛しけをおきて

この歌の「潟に咲く波」の「咲く」は、波の花が開くことで、「波が立つ。」(『古語大辞典』)の意と解されている。類例として、4335番歌「波な咲きそね」もある。

　ところで、「佐和恵」の「佐」は「サ」、「和」の漢音は「カ(クヮ)」である。「和」を「くゎ」と訓む例として、「和尚」(くゎしょう)、「和睦」(くゎぼく)がある(『古語大辞典』、『岩波古語辞典』)。

「恵」は「ヱ」で、「ゆゑ(故)」の約(前同)の「ヱ」である。

「恵」(ゑ)を「故」(ゆゑ)の意に用いている例は、3731番歌「思ふゑに」(於毛布恵尓)にある。

　したがって、「佐和恵」は「サクヮヱ」であるところ、「サクヮヱ」の「クヮ(kwa)」の下に「ヱ(we)」が続くので、「wa」が「we」と交替し、「kwe」となって、「サクヮヱ」が「サクヱ」と発音され、「咲くゑ」の表記であると考える。

「咲くゑ」は、「波が立っている故に」の意。

　なお、初句の原文「麻都我宇良尓」は「松が浦に」と地名として詠んでいることは確かであるが、「待つ(我)心に」を響かせていることを知る必要がある。

　また、「うら立ち」の「うら」は、「むら」の転である。

「ま人言」は、他人の噂。

「思ほす」は「思ふ」の尊敬語で、気になさるの意。

「なも」は推量の助動詞「らむ」の訛り。

　結句の「のす」は「ように」の意。

東歌の中の「相聞」の部の歌である。国名の記載のない歌。

新しい訓

> あぢかまの　**かけの湊に**　入る潮の　**後手助^{ごて}くもが**　入りて
> 寝まくも

新しい解釈

> 〈あぢかまの〉**湊に押し寄せて来る潮のように、後方から手助
> けしてくれればいいなあ、**あの娘の床に入って一緒に寝ようと
> することを。

■これまでの訓解に対する疑問点

　注釈書は、初句・第2句の「あぢかまの　かけのみなと」は、地名と
し、かつ所在不明としている。

　この歌のつぎに、下記の歌がある。

　　3554　妹が寝る床のあたりに岩ぐくる水にもがもよ入りて寝まくも

　両歌は結句「入りて寝まくも」と同じ歌句で詠われており、本歌も、
男が女の床に入って一緒に寝たいとの願望を詠っている歌と推察できる。
　注釈書は、第4句原文「許弖多受久毛可」を「こてたずくもか」と訓
んでいるが、その解釈は以下のとおりで、明確ではない。

　　澤瀉久孝『萬葉集注釋』　　　人言のはげしくないこと。「人の言葉
　　　　　　　　　　　　　　　がおだやかであつてくれないかナア」
　　　　　　　　　　　　　　　と訳している。

『新潮日本古典集成』　　　人言が間のびして穏やかな意か。「入
　　　　　　　　　　　　　　る潮が緩やかなように、噂がおさまっ
　　　　　　　　　　　　　　てくれないかな。」と訳している。

　　　伊藤博訳注『新版万葉集』　　噂が静まってほしい意か。

　その他の注釈書は、未詳としている。

■ 新訓解の根拠

「許弖多受久毛可」すなわち**「後手助くもが」**と訓む。

「あぢかまの」は、2747番歌「あぢかまの　塩津を指して」、3551番歌「あぢかまの　潟に咲く波」にある。

「あぢかまの」は「あぢかもめの」の「もめ」が「ま」に略音転した形。「あぢ」も、「かもめ」も水鳥である。

「あぢかまの」は、「あぢ」も「かもめ」も海辺で鳴くので、「塩津」「潟」「湊」など海辺にかかる枕詞と解する。

「可家」は、「駆く」の名詞形**「駆け」**で、「戦場で前進し、攻撃すること。」(『古語大辞典』)である。

　したがって、海から湊に、潮が勢いよく押し寄せてくる状態を「駆けの湊に」と詠んだものである。

　第3句の**「許弖」**は**「後手」**、**「多受久」**は**「助く」**と訓み、「後手」は戦陣で後方に陣をとることであり、気の弱い男が先陣を務めるように、女の家の床に入るときに、入る潮に「後備え」「後詰め」をして助けてほしいとの気持ちを表したものである。

　第4句の「もが」は、終助詞で「その状態の実現することを希望する意を表す。」「……であればいいなあ。」である(前同)。

　東歌では中央語と清濁音の相違が見られるので、「ごて」「もが」を東歌の本歌においては清音で「許弖」「毛可」と表記しているものと考える。

　結句の「まく」は、推量の助動詞「む」のク語法で、「しようとすること」の意(『岩波古語辞典』)。

　家のある湊に向かって力強く押し寄せ入ってくる潮を見て、男が女の家の床に入ることを潮が後押ししてくれればいいのになあと、戦陣の用語「駆け」と「後手」を用いて詠っている歌である。

東歌で「相聞」の部にある歌である。国名の記載がない歌。

新しい訓

> 金門田を　**荒掻き間ゆみ**　日がとれば　雨を待とのす　君を
> と待とも

新しい解釈

> 家の門の前にある田を、**田植えに備えて最初に土を耕す時期**
> **を読んで（予想して）**、日が照れば（土が固くなるので、土が
> 柔らかくなる）雨を待つように、君を待っていることよ。

■ これまでの訓解に対する疑問点

　第2句の原文「安良我伎痲由美」について、『日本古典文学全集』が
「難解。荒垣間ユ見・荒掻キ真斎ミなど諸説があるが、いずれも決定的
でない。」と注釈しているが、そのとおりである。

■ 新訓解の根拠

「安良我伎」は、「荒掻き」と訓む説を採る。

「荒掻き」とは、田に水を張って、稲の苗を植える前に、土の表面を鍬
や鋤で掘り返して、田の上層の土を柔らかく、かつ平らにする農作業で
ある。

　問題は、「痲由美」の訓解であり、まず「**痲**」は「**ま（間）**」であり、
時期すなわちタイミングの意である。

　つぎに、「由美」の「ゆ」は「よ」の訛りであり、「よみ」すなわち
「読み」であり、荒掻きをする時期までの日を数え、判断することであ
る。

上述のように、荒掻きは田の表面を掘り起こすことであるから、日照りが続くと土が固くなり、作業が困難となるので、雨降りの後にするように晴雨の日にちを数えて、判断するのである。

　第2句をこのように訓解すれば、第3句以下が自然に理解できるのである。

　なお、「由」を「よ」と訓み、あるいは「ゆ」を「よ」の訛りと解される例として、4321番歌「阿須由利也」（あすよりや）、4324番歌「己等母加由波牟」（こともかよはむ）にある。

　他にも、第3句の「刀（と）」が「て」、第4句および結句の「刀（と）」は「つ」、結句の「等（と）」は「そ」の訛りである。

　この歌は、農作業の知識がないと、訓解が困難である。

東歌で「相聞」の部の歌である。国名の記載がない歌。

定訓

> 　**小菅ろの　うら吹く風の**　あど隙^{すき}か　かなしけ児ろを　思ひ
> 過ごさむ

小菅ろの　うら吹く風の　あど隙か　かなしけ児ろを　思ひ過ごさむ

新しい解釈

> 　**小菅^{こすげ}を吹く風の「すけ」のように、私の心を吹く風はどうし
> て隙間風なのか**、愛しいあの児を忘れてしまうのだろうか。

■これまでの訓解に対する疑問点

　初句の原文「古須氣呂乃」を「こすげろの」と訓んで、各注釈書の解釈は、「こすげ」を地名（現在の東京都に所在する「小菅」とする説がある）とするもの、植物で小さい菅の「小菅」とするもの、地名であるが植物の小菅をも詠っているとするもの、に分かれる。

　しかし、地名の小菅の浦を吹く風にしろ、植物の小菅の葉末を吹く風にしろ、下3句の「どのようにすれば、いとしい子を忘れてしまえるだろうか。」（『岩波文庫　万葉集』）の歌意とのつながりが、いまひとつ明らかではない。

■新訓解の根拠

　第3句の原文「**安騰須酒香**」を定訓は「あどすすか」と訓んで、「『す
す』は動詞『為（す）』を重ねた形。」（『岩波文庫　万葉集』）というが、
「酒」は「き」と訓んで、「**あど隙^{すき}か**」と訓むべきである。
「須酒」を「すき」と訓む例は、1809番歌「須酒師」（すきし）、3487番
歌「須酒曾」（すきぞ）にもある。

「あど」は、「反語の意を表す。どうして。」(『古語大辞典』)である。

「古須氣呂乃」は「小菅ろの」であるが、「こすけろの」の「こすけ」には「小隙(こすけ)」をも響かせており、歌の作者は自分の心(うら)に小さな隙間が生じており、心に隙間風が吹いていると詠っているのである。

すなわち、「かなしけ児ろ」との間に、どうして心の隙ができ、隙間風が吹いているのかと嘆いているのである。

地名の「小菅」、あるいは植物の「小菅」のいずれで訓解するにしても、「小隙」を響かせている歌である(むしろ、それが歌の主脈になっている)ことに気付かなければ、この歌を味わったことにはならない。

私は、地名の「小菅」か、植物の「小菅」のいずれかを決めかねるが、それは歌の作者が「小菅」に対し「すけ」の音を利用することが主眼であり、作者自身、地名の「小菅」あるいは植物の「小菅」のどちらかに特定して詠んでいる、と思えないからである。

東歌で「相聞」の部の最末尾の歌である。国名の記載がない歌。

新しい訓

> 　我妹子に　我が恋ひ死なば　**そりへかも**　神に負ほせむ　心知らずて

新しい解釈

> 　私があなたを恋しくて恋死したら、あなたは**思わぬ方向に考えるかも**、私の心をよく理解しないで、神様の所為にするでしょうよ。

■これまでの訓解に対する疑問点

　第3句の原文「曾和敝可毛」の「曾和敝」の訓解については、契沖は「五月蠅（サハヘ）」、賀茂真淵は「曾和惠」（いひさわぎ立てる意）、武田祐吉「ソワヘはソバヘの東語でふざける意」、土屋文明「死者を扱ふ職業の者」、『新潮日本古典集成』および伊藤博訳注『新版万葉集』は「周囲の人あるいは者」、中西進『万葉集全訳注原文付』は「ソバへの訛りか。戯れる意。」など、多岐に及んでいる。

　そして、『日本古典文學大系』、『新日本古典文学大系』、『日本古典文学全集』『新編日本古典文学全集』、『岩波文庫　万葉集』は不明、未詳等としている。澤瀉久孝『萬葉集注釋』は、「猶考ふべき」という。
「曾和敝可毛」の音訓として「そわへかも」が自然で、これ以外に訓み方がないと思われるが、「そわへ」の語はどの古語辞典にもないので、このままの詞としては考えられない。

■新訓解の根拠

「曾和敝可毛」の「和」を「利」の誤写とみる。

「曾利敝可毛」を「そりへかも」、すなわち「逸りへかも」と訓む。

「そり」は「思わぬ方面に向く」の意（『古語大辞典』）の「逸る」の連用形である。

「へ」は「動作・作用の進行する方向を示す。」格助詞（『旺文社古語辞典新版』）で、「そりへかも」は「思わぬ方向に考えるかも」の意。なお、格助詞「へ」は体言に付くとされているが、連用形は体言と同じ資格をもつとされている（前同）。

歌意は、私があなたに恋死したら、あなたは思わぬ方向に考えるかも、私の心をよく理解しないで、神様の所為にするでしょうよ、の意である。

補注

「和」を「利」の誤写とする理由を説明する。

仮名書道をしたことがある人であれば分かるが、「わ」と「り」の毛筆仮名の字体は全くと言っていいほど同じである（日本書道協会『楷行草・三体筆順字典』）。

それは、平安時代の古筆「高野切」においても、「り」と「わ」は字体から判別できない。

もちろん、元の楷書の漢字が異なるので、「り」（利）は少し縦長に「わ」の字形に、「わ」（和）は少し横広に「わ」の字形を書くと言われているが、現実には文書中の一文字に遭遇すると字体から上記判別は不能であり、前後の文章の流れから、「り」か「わ」かを判読するしかないのである。

606番歌の第3句の原文「多奈和丹」の「和」について、他の古写本は明らかに「和」の文字であるが、最も古い元暦校本は「利」と明らかに記載されている。

したがって、「おほなりに」と訓むべきことを同番歌の説明で既述した。

ところで、本歌の「曾和敝可毛」についても、他の古写本は「和」と

明瞭に読める「和」の文字を書いているが、それらより古い類聚古集は「和」とすれば最終画の横線が明らかとはいえず、「利」とも見える文字で書かれている。

　もっとも、類聚古集には仮名書きの訓が併記されており、「和」に対するところに「わ」の字形の訓が付されているが、上記のとおり「り」（利）の仮名文字と「わ」（和）の仮名文字の字形がほとんど同じであることから、付されている訓の仮名だけで「和」と判定できず、「利」である可能性もある。

　私は、606番歌の事例も勘案して、本歌についても類聚古集以前の原文は「利」であったものが、類聚古集以降に「和」との誤写がはじまり、その後の古写本は「和」になったと考え、本歌の「和」の原文は「利」であったと推定する。

　そして、「逸りへかも」の訓は、前記先訓のどれよりも、この歌の歌意に相応しいと考える。

　遣新羅使の歌を集めた歌群にあり、海路において誦詠した古歌の恋歌とある。

新しい訓

> 青楊^{あをやぎ}の　枝伐り下ろし　ゆ種蒔き　美し君^{うるは}に　恋ひわたるかも

新しい解釈

> 青柳の枝を切って田の中に差し、清めた種を蒔いて、そのようにきちんと生活している、**立派なあなたを**恋い続けていることよ。

■これまでの訓解に対する疑問点

　定訓は第3・4句を、「ゆ種蒔き　忌々しき君に」と訓み、注釈書の原文表記は、すべて「湯種蒔　忌忌伎美尓」あるいは「湯種蒔　忌々伎美尓」である。

　なるほど、広瀬本、紀州本、神宮文庫本、陽明本、寛永版本には、そのように表記さている。しかし、それらの古写本より古い類聚古集は**「湯種蒔忌　美伎美尓」**である。

　すなわち、「忌」は第3句の原文であり、第4句にある最初の「美」がその後の写本では「忌」または「々」となっているのである。

　その原因は、上3句を第4句の序詞と考え、「ゆ種」の「ゆ」が「忌」を導くと考えたため、「忌」を第4句の冒頭にもってきて、無理に「忌々しき」と訓み、その結果、余分になった「美」の原字を抹消してしまっていると推定できる。原文は、「湯種蒔忌　美伎美尓」であると考える。

■新訓解の根拠

「**忌**」を第3句の末尾の文字として、「蒔き」の「**き**」と訓む。「忌」は漢音で「キ」である。本歌において、動詞の語尾も表記している例は、第2句に「延太伎里於呂之」（枝切り下ろし）にある。

　第4句の「美」は、「**うるはし**」と訓む。

「美」を「うるはし」と訓む例は、2774番歌「美」（うるはしみ）にある。「うるはし」の意味は「（相手の）精神や行動がきちんとしている」「立派だ」（「岩波古語辞典」）である。

　遣新羅使が留守居の妻を偲び、古歌にあるこの恋歌を朗誦したのであろう。

　定訓の「忌々しき君に」は、「恐れ多いあなたに」（『岩波文庫　万葉集』）と訳されているが、妻を恋う歌に相応しいと思われない。

　遣新羅使が、筑紫館に至り、はるかに本郷を望んで凄愴たる気持ちで詠んだ４首のうちの一首である。

新しい訓

> 　志賀の浦に　漁りする海人　家人の　待ち恋ふらむに　**明かしつるろや**

新しい解釈

> 　志賀の浦で漁をする海人は、家族が帰りを待ち焦がれているだろうに、**夜を明かして漁をしているのだろうか。**

■これまでの訓解に対する疑問点

　結句の原文について、紀州本、神宮文庫本、陽明本、寛永版本は「安可思都流宇乎」で、訓は「アカシツルウヲ」であり、定訓はこれにより「**明かし釣る魚**」と訓んでいる。

　しかし、類聚古集は「安可思都流牢乎」で「あかしつるろを」の訓、広瀬本は「安可思都流乎年」で「アカシツルヲモ」の訓が付されている。

　定訓のように、結句の末尾を「魚」と訓むと、第２句および結句も名詞止めとなって異例であることは、注釈書も指摘している。

　また、第２句で「漁りする」と詠んでいるのに「明かし釣る」では、表現として重複する。

『岩波文庫　万葉集』が「結句は、夜間に多く行われる延縄（はえなわ）の漁法を言うか。」というが、「漁りする」は「釣る」に限るものではない。

■新訓解の根拠

「安可思都流牢乎」の「安可思」は夜を明かすの「明かし」と訓み、「**都流**」は「釣る」ではなく、**完了・確認の助動詞「つ」の連体形の「つる」**と訓む。

　つぎに、「宇」と「牢」のどちらが原字であるかについては、上掲のうち最も古い類聚古集の表記が「宰」の字に似ている表記であるから、画数の近い「牢」を採る。類聚古集に「ろ」の訓があることも、補強の理由である。

「ろ」は、「語調を整え、情愛を添える。感動の意の助詞ともいう。」（『古語大辞典』）である。

「乎」を「や」と訓み、「や」は疑念を表す助詞（『学研漢和大字典』）。

　この歌は、遣新羅使の歌で、漁りする海人の家人に、都に置いている自分の家人を思いやっているのである。

　なお、「ろ」の後に助詞を伴った例として、478番歌の末尾に「ろかも」とある。

遣新羅使一行の歌群の中にある一首。

これまでの訓例

> 　　はしけやし　妻も子どもも　高々に　待つらむ君や　**島隠れ
> ぬる**

新しい解釈

> 　可愛い妻も子供も、背伸びして帰宅を待っているだろう君で
> あることよ、（その君が）**島で亡くなってしまった。**

■これまでの訓解に対する疑問点

　この歌は、遣新羅使の随員である雪連宅満が、往路において病死し、
壱岐島に葬られたときに、葛井連子老によって詠まれた挽歌の長歌に付
された反歌である。

　第4句・結句の原文は「麻都良牟伎美也　之麻我久禮奴流」である。
『日本古典文學大系』、澤瀉久孝『萬葉集注釋』、『新編日本古典文学全
集』、中西進『万葉集全訳注原文付』、伊藤博訳注『新版万葉集』は、結
句を原文のとおり「島隠れぬる」と訓んでいる。

　これに対して、『日本古典文学全集』、『新潮日本古典集成』、『新日本
古典文学大系』、『岩波文庫　万葉集』は、「之」は「々」の誤り、第4
句の「也」の踊りと見て「也麻」として「山」と訓み、「山隠れぬる」
と訓むものである。

　このように、注釈書の約半分が**「島隠れぬる」**と既に訓んでおり、私
による新訓解ではない。

■新訓解の根拠

　私は、原文どおり「島隠れぬる」と訓むことが正しいと考える。
「隠れぬる」は人が亡くなったことであるが、通常の場合、遺族のいる
ところから少し離れた山にその遺骸が葬られることが多いので、「山隠
れぬる」が相応しいことになる。

　ところが、この歌は、本土で帰りを待っている妻子のところから、遠
く離れた島において雪連宅満が葬られたことを詠っている歌であるか
ら、「島隠れぬる」でよいのである。

　すなわち、旅の途中の島に葬られたのであるから、「島隠れぬる」の
方が実感が伴う。

　私は、壱岐にある雪連宅満の墓を訪れたことがあるが、墓のある辺り
は山というより丘に近い地形のところで、地形的にも「山隠れぬる」は
相応しくない。

　長歌にも「寒き山邊に　宿りせるらむ」と詠っており、深い山中でな
いことを詠っている。「之」を「々」とみるのは、余計な改変である。

　この歌は、目録に「中臣 朝臣宅守、蔵部の女嬬狭野弟上 娘子娶り
し時に 勅 して流罪に断じ 越 前 の国に配す。ここに夫婦、別れ
易く会ひ難きことを相嘆きて、各々慟む情を陳べて贈答する歌63首」
(3723〜3785番歌)との長い説明文のある歌群のうちの一首、中臣宅守
の歌である。

定訓

> 　思ふゑに　逢ふものならば　しましくも　妹が目離れて　我
> 居らめやも

新しい解釈

> 　相手のことを思うから逢うことになるのであれば、**しばらく
> は（流罪の身で）妻と逢えない私は、妻を思うことなく居るこ
> とになるだろうか、いやそうではなく、逢えなくとも妻を思っ
> ている。**

■これまでの解釈に対する疑問点
　各注釈書は、初句「思ふゑに」は「思ふ故に」であるとする点は一致
しているが、歌全体の解釈は、つぎのとおりである。

『日本古典文學大系』	思うから逢うというものだった ら、私が、これほど思っている妹 の目を、しばらくでも<u>離れている</u> はずがあるものか。
『日本古典文学全集』	思えば　逢えるものだったら　し ばらくもあなたに逢わずに　わた

	しはいるものか
澤瀉久孝『萬葉集注釋』	思ふから逢ふといふものであつたら、暫くの間も<u>妹に逢はずに居らうか。</u>そんなはずはないことよ。
『新潮日本古典集成』	思う気持ちがあれば、逢えるというものだったら、ほんのしばらくの間でも、<u>あなたの顔を見ないままに、この私がいる</u>などということがあるものか。
『新編日本古典文学全集』	幾ら恋い慕っても逢えないものだと分かっていながら、こんなにあなたと離れて暮らすのは耐え難い、という内容を殊更に回りくどく言ったもの。
『新日本古典文学大系』	思うと逢えるというものだったら、ほんのしばらくでも、<u>あなたから離れて私はいるだろうか。</u>
中西進『万葉集全訳注原文付』	思慕しあえば逢えるという、それならどうしてこれほど<u>逢えないことがあるのか。</u>片時の間とて忘れないのに。
伊藤博訳注『新版万葉集』	思う気持ちがあれば逢えるというものだったら、ほんのしばらくでもいとしい<u>あなたの顔を見ないままでこの私がいる</u>などということがあるものか。
『岩波文庫　万葉集』	思えば逢えるものだったら、ほんのしばらくでも、<u>私はあなたから離れているだろうか。</u>

　新編古典文学全集以外の各解釈は下線を引いたように、宅守が妻のことを思っているので、逢えないことがあろうか、と詠んでいるとするも

のであるが、その点に疑問がある。

■新解釈の根拠

　宅守は狭野弟上娘子を妻としたため、勅断により、流罪により離れ離れにされている身である。この歌の直前に、妹の名を口にするだけでも畏れ多い身の上である、と詠んでいる。

　　3730　畏みと告らずありしをみ越路の手向に立ちて妹が名告りつ

　そんな流罪中の身である宅守が、「妻と逢えないことがあろうか」の意の歌を詠むことは、境遇的にも、心理的にもあり得ないのである。

　現に、宅守の他の歌の中にもすぐに逢いたいと詠んだ歌はなく、3734番歌「今更に逢うべきよしのなきがさぶしさ」、3740番歌「我が思ふ妹に逢はず死にせめ」などと詠んでいるのである。

　上2句の「思ふゑに　逢ふものならば」は、「思うことの結果が逢うことであれば」の意で、そうであれば、今しばらく宅守は妻と逢うことは絶対に不可能であるから、「思うこと」は無意味あるいは不必要であり、しばらくは妻のことを思わないで居ることになるだろうか、いやそうでない、逢えなくとも、すなわち「目離れていても妻を思って居る」との歌意である。

　結句の「我居らめやも」は「我（思はず）居らめやも」の「思はず」が省略されている形である。

　新編古典文学全集以外の上掲各注釈書は、単に歌詞の字面にとらわれて解釈しているにすぎず、宅守が自分の置かれている状況を背景に、「思ふゑに　逢ふもの」という上2句の句意の論理を逆手にとって、「逢えなくとも思っている」と強調している歌であることを理解していないのである。

　中臣宅守と狭野弟上娘子の夫婦間の贈答歌63首のうちの、宅守の歌の一首。

新しい訓

過所なしに　関飛び越ゆる　時鳥（ほととぎす）　公我が子（きみ）にも　止まず通はむ

新しい解釈

　通行手形がなくても、関所を飛び越えて行ける時鳥よ、**君は私の妻のところにも、絶えず通ってくれるだろうね。**

■これまでの訓解に対する疑問点

　この歌の表記は紀州本、神宮文庫本、京都大学本、陽明本、広瀬本、寛永版本によると「多我子尓毛」であるが、これらより古い時代の類聚古集は「**公入我子尓毛**」となっている。

　そして、多くの先訓は当然のように原文に「多我子尓毛」を採用して訓解している。

　先訓や注釈書には「多我子尓毛」を「あまたが子にも」、「多くが子にも」と詠む訓および「多我」は「誰（イヅレ）」を誤読したものとして「いづれの子にも」と詠む説があるが、この歌群の目録に記載されているような境遇にあった中臣宅守と狭野弟上娘子との間で交わされた贈答歌の一首として、これらの訓による歌の内容は有りうべからざるものと考える。

　これらの訓によると、中臣宅守が我が身と違い、関所を越えるのに通行手形がいらない時鳥と詠う前半部分はともかく、その時鳥が多くの女性、またはいづれの女性のもとへも、常に逢いに通うだろうと詠っている後半部分を、そのように詠むことが中臣宅守の気持ちであると理解で

きないからである。

　この歌の３首後の歌に、

　　　3757　我が身こそ関山越えてここにあらめ心は妹に寄りにしものを

　と詠っている中臣宅守が、狭野弟上娘子一人のもとへ逢いに通いたいと思いこそすれ、たとえ時鳥のことであっても、「数多が子にも」「多くが子にも」また「いづれの子にも」やまず通うだろうと詠った歌を狭野弟上娘子に贈ることはないと思う。

　私は、その原因は、これらの先訓が採用している「多我子尓毛」の原文、とくに「**多**」に**問題**があると考える。

■新訓解の根拠
1　一群の歌63首の表記は一字一音表記によっているが、第４句のうちで、例外的につぎのように「山道」「戀」「君」の正訓字を用い、このように訓みを誤ることがない語を含む歌は、５字または６字による表記となっている。

　　「許能山道波」（3728番）　「伊母尓戀都都」（3743番）　「君尓古非都都」（3752番）

　したがって、3754番の難訓歌の第４句は「多我子尓毛」と５字であるため、この中にも訓みを誤ることのない１字または２字の正訓字があったに相違ないと推定できる。
「我」が正訓字として「わが」あるいは「あが」と２音に訓めるが、「多」は前述の理由により正訓字として用いられているとは考え難い。

2　この点に関し、前述の類聚古集は「多」のところに「公入」との記載があることが注目される（『校本萬葉集八』）。
　澤瀉久孝『萬葉集注釋』は、「『多』を『公入』とある事から何かの示唆が得られるのではないかと考へたが、まだ適當な新見を得られなかった。」と述べているが、私はつぎのように考える。

　この記載を「公」を挿入することと解すれば、第４句は「公我子尓毛」となる。

「公」は正訓字として「きみ」と２音に訓めるので、「公」「我」のそれぞれが２音となり、難訓句は７音となる。

　なお、「公入」は、誤字あるいは脱字を見つけた人が「公を入れる」との趣旨で「公入」と別紙に書いた訂正紙を、別人が誤って指示語の「入」まで含めて書いてしまったため意味が通じなくなり、後世の各写本では「公入」を草書体で書いた場合に、「多」の草書体と極めて近似しているので「多」と誤解されて、筆写されてきたものと推断される。

　すなわち、古写本の京都大学本および広瀬本の「多」に該当する文字は、「公」と「入」を続けて書いた場合の字形に極めて近似している。「多」の上の「夕」は、ほぼ「公」と読める字形であり、下の「夕」は２画、３画目が「入」の形と同じで、ただ「入」としては最終画の右下に撥ねる線が短いだけである。「公入」の表記に疑問を抱いた写本筆記者が、この二字の書体と似ている「多」の一字として書くようになった経緯を、このように推測できる。

　類聚古集は、この歌に関する最も古い写本であるので、それ以降の写本である前記６写本のすべてが「多」となっているのは、この理由に依るものと考える。

３　前述の理由で、「多」を「公」に改めて訓み、**「公我子尓毛」を「君我が子にも」**と訓む。

　歌の解釈は、手形なしに関所を飛び越えて行ける時鳥よ、君は私の愛する子のところにも絶えず通って行ってくれるだろう、の意である。

「公」は時鳥のことを指す。時鳥は万葉集において「霍公鳥」「郭公」と表記されることが多く、その一字の「公」を用いたものである。「君」の字を使わないのは、そのためである。

　また、63首の歌群において、「きみ」に「君」と「伎美」、「やま」に「山」と「夜麻」、「ひと」に「人」と「比等」と正訓字と音仮名の双方による表記が用いられているので、「わが」に対しても「我」と「和我」の双方が用いられているのである。

「我が子」は当然、狭野弟上娘子である。万葉集において、男が愛する

女性を「子」と呼ぶことは、1344番、1414番、1496番、1999番、2394番、2429番、2946番等の歌にその例がある。

　特に663番歌では、妻を「子」と詠んでいる。

　この歌において、「妹」「我妹子」「我妹」と詠まないのは、歌で呼び掛けている相手の時鳥に対し、狭野弟上娘子のことを第三者として指示しているからである。

　末尾の「通はむ」は、「通ってくれるであろう」の意。「む」に、希望・願望の意味があることは、多くの古語辞典にも掲げられている（『古語大辞典』、『古語林』）。

　本難訓歌の「通はむ」には、手形がなくても関所を越えて行ける時鳥が、逢いに行けない自分（中臣宅守）に代わって、狭野弟上娘子に毎日通ってくれるだろうとの希望・願望が込められているのである。

　自由に逢いに行ければ、毎日でも逢いに行きたい気持ちを、宅守は時鳥に詠い掛けることによって、狭野弟上娘子に伝えている歌である。

中臣宅守が、花鳥に寄せて思いを陳べて作る歌。

新しい訓

時鳥〔ほととぎす〕　間〔あいだ〕しまし置け　日長〔けなが〕けば　我が思ふ心　いたもすべなし

新しい解釈

　時鳥よ、間をしばらく置いて鳴いてくれ、**幾日も長く鳴く声を聞けば**、私の物思いがどうしようもなくなるから。

■ これまでの訓解に対する疑問点
　諸古写本の第３句の原文は、つぎのとおりである。

　　「家奈我奈婆」　　　類聚古集
　　「奈我氣婆」　　　　広瀬本
　　「奈我奈氣婆」　　　紀州本　京都大学本
　　「奈我奈家婆」　　　神宮文庫本　寛永版本
　　「奈我奈氣波」　　　陽明本

　このように錯綜しているが、定訓は「汝が鳴けば」と訓んでいる。

■ 新訓解の根拠
　上掲の古写本の中で最も古い類聚古集の原文は、「家奈我奈婆」であるが、その訓は「けながきは」であるので、４字目の「奈」は「氣」の誤字と考える。他の古写本には「氣婆」とあることも、その傍証である。

「**家奈我氣婆**」は「**日長けば**」と訓み、「**幾日にも長くなれば**」の意である。

　歌の作者の宅守は、時鳥が鳴くことを全面的に嫌っているのでないことは、第2句の「間しまし置け」と詠い、全く鳴くなと詠んでいないことで分かる。

　そうであるから第3句において、結句の「いたもすべなし」の原因は「汝が鳴けば」と時鳥が鳴くことにあるのではなく、「幾日も長く鳴けば」を理由として詠んでいると訓解することが合理的である。

　なお、「長け」は「長し」の未然形で、「上代、未然形と已然形に、『け』（ク活）もあった。」（『新選古語辞典新版』『旺文社古語辞典新版』）とされている。

　題詞によれば、「竹取の翁」という老翁が、丘で声を掛けられるままに９人の女子たちに近づいたが、やがて咎められ謝って作ったとある長歌。

その１

新しい訓

（長歌の部分）
高麗錦（こまにしき）　紐に縫い付け　**さし辺（へ）重（おも）ぶ**　なみ重ね着て

新しい解釈

　高麗の錦を、紐として縫いつけ、**（衣に）結んだ辺りが重い
ほど、一緒に重ねて**身に着けて、

■これまでの訓解に対する疑問点
　上掲の３番目の句の原文「**刺部重部**」に対して、多くの注釈書は、難訓として、訓を付していない。
　ただし、『日本古典文學大系』および中西進『万葉集全訳注原文付』は「指（さ）さふ重（かさ）なふ」と訓み、「ふ」を反復継続の意と解している。
　また、伊藤博訳注『新版万葉集』は「さしへかさねへ」と訓んで「重ね着であろう」としている。
　前者に対しては、ここは女子の衣の着付けの状態を詠っているところであるから、「ふ」を反復継続の動作の意に解することは不適当であり、また両者とも、「重」を重ねるの意に解している点は、この句の直ぐ下に「なみ重ね着て」とあるので、重複することになる。
　さらに、前後が７字の句である、「刺部重部」を７字に訓むことも不当である。

「刺部」の「**部**」は「**辺**」と訓み、高麗錦の紐を衣に結んだあたり、の意である。

「さす」に「帯や紐などを締める。結ぶ。」(『古語大辞典』)の意がある。

「重部」の「部」は接尾語の「ぶ」で、「(体言・形容詞の語幹などに付いて)そのような状態になる、そのような状態で振る舞うの意を表す。」(前同)である。

　形容詞「重し」の語幹は「重」であるから、「**重ぶ**」は、重そうな状態のこと。

　前記のように先訓は、すべて「重」を衣に「重ねる」意に解し、「重」のもう一つの基本的な訓である「重し」に気づかなかったのである。

「さし辺重ぶ」と訓むことにより、この句は6字であるが、句中に単独母音「お」が含まれているので字余りも許され、前の7音、後の7音の句の間にあって、声調が整うことになる。

その2

新しい訓

（長歌の部分）
巻き裳して　愛しきにとらし　跳ねやふる　稲置乙女が

新しい解釈

下半身に裳として巻いて、可憐に見せかけるようになり、飛び跳ねることも次第になくなってきた稲置乙女が、

■これまでの訓解に対する疑問点

　上掲部分の1番目「**信巾裳成**」、2番目「**者之寸丹取為**」、3番目「**友屋所經**」の連続する3句がいずれも難訓で、万葉集中一、二を争う超難訓句である。

　約半分の注釈書は難訓として訓を付していないが、下記の注釈書はつ
ぎのように訓解している。

　　『日本古典文學大系』
　　　原文を「信巾裳成　者之寸丹取為支　屋所經」として、「信巾裳
　　　なす　愛しきに取りしき　屋に經る」と訓み、「ヒレモのように
　　　可愛らしく着こなし、家内に生活している」の意としている。
　　澤瀉久孝『萬葉集注釋』
　　　原文を「信巾裳成　者々寸丹取為　支屋所經」として、「褶なす
　　　脛巾にとらし」と訓み、「褶のやうに　脛巾にこしらえ」の意と
　　　しているが、「支屋所經」には訓を付しておらず、訳もしていな
　　　い。
　　『新潮日本古典集成』
　　　原文不掲載。「信巾裳なす　脛裳に取らし」と訓み、「信巾裳　気
　　　取りで　脛裳にご採用」の意としているが、「信巾裳」に訓は付
　　　さず、未詳、前垂れ風の褶か、としている。また、原文を「友屋
　　　所經」とした上で訓を付していない。
　　中西進『万葉集全訳注原文付』
　　　原文を「信巾裳成　者々寸丹取為　支屋所經」として、「信巾裳
　　　なす　脛裳に取らし　支屋に経る」と訓み、「幾重ねの裳の如き
　　　脛裳につけ、幾日も家にこもる」の意とする。
　　伊藤博訳注『新版万葉集』
　　　原文不掲載。「信巾裳なす　脛裳に取らし　若やぶる」と訓み、
　　　「褶　気取りで　脛裳にご採用、若さ溢れる」の意。「若やぶる」
　　　と訓む原文は何か、明らかではない。

以上いずれも、明瞭とはいえない。

■新訓解の根拠
　この部分は、結論を先に言えば、下半身に裳として巻いて、可憐に見
せかけるようになり、飛び跳ねることも次第になくなってきたというも
ので、結婚前の稲置乙女の姿の変化を詠っているものである。

「信巾裳成」

　「信」は「まこと」であり、「信土山（まつちやま）」の「ま」と同じように「ま」と訓む。

　「巾」は「布（きれ）」の意であるから「き」と訓む。

　　したがって、**「信巾」**は「まき」で、**「巻き」**。

　「信巾裳成」は「巻き裳して」で、女性が腰から下に衣装を巻いていることである。「成」を「して」と訓むことは既述した。

　「裳」について、「平安時代初期まで、上流階級の礼装に用いた衣服。上衣を着けた上に、巻きスカート式にまとう。」（『古語林』）とある。

「者之寸丹取為」

　　尼崎本以外の諸古写本の原文は「者之寸丹取為」であるので、「はしきにとらし」すなわち**「愛しきにとらし」**と訓む。

　「之」を「愛し」の「し」に訓んだ例として、4498番歌「波之伎余之」がある。

　「愛しきに」は「愛し」の連体形に、状態を示す格助詞「に」が付いたもの。

　「とらし」は「とる」の未然形「とら」に、尊敬の助動詞「す」の連用形「し」が付いたもので、「とる」は「操る」「扱う」の意。

　　したがって、「愛しきにとらし」は「可憐に見せかけるようになり」の意である。

「友屋所經」

　　原文の最初の文字は、尼崎本、類聚古集、陽明本は「友」、紀州本、京都大学本は「支」であるが、京都大学本には右方に「丶」が明らかに記入されている。広瀬本は「友」である。私は「友」を採用する。

　「友」の意は「はねる。足でぱっぱっとはねとばす。」（『学研漢和大字典』）であるので、「友屋所經」は**「はねやふる」**と訓む。

　「や」は詠嘆・強調の間投助詞、**「所經」**を3801番歌において「ふれ」と訓んでいるので**「ふる」**と訓み、「次第に過去のものとなってゆく。」（『岩波古語辞典』）の意に解する。

「**飛び跳ねることも次第になくなって**」の意である。

　稲置乙女が、少女から結婚前の大人の女性に変わってゆく姿を詠っているのである。

その3

新しい訓

（長歌の部分）
①かへり立ち　道を来れば　うちひさす　宮女（みやをみな）　さす竹の　舎人壮士（とねりをとこ）も　忍ぶらひ　かへらひ見つつ　誰が子ぞとや　思はえてあり　かくのごと　**爲さゆ爲す故**
②古（いにしへ）　ささきし我や　はしきやし　今日やも子らに　いさにとや　思はえてある　かくのごと　**爲さゆ爲す故**

新しい解釈

①帰り道を来れば、（うちひさす）宮仕えの女、（さす竹の）舎人の男も、さりげなく振り返って見ながら、どこの子かと思われていた、**このように為され為す故に、**
②昔は、華やかだった私も、ああ、今や娘子らにほんとかしらと思われている、**このように為され為す故に、**

■これまでの訓解に対する疑問点

　原文を上掲のように①②と分割して掲示したが、原文は連続している。難訓である「**所爲故爲**」の句が、少し離れて、「対」になっていることを示すため、便宜上、分割して掲示したものである。

『日本古典文学全集』、『新編日本古典文学全集』、『新日本古典文学大系』、『岩波文庫　万葉集』は、難訓として2カ所とも原文のままで、訓を示していない。

　他の注釈書の訓は、つぎのとおり。

『日本古典文學大系』	せられし故に
澤瀉久孝『萬葉集注釋』	せらえし故し
新潮日本古典集成	せらゆるゆゑし
中西進『万葉集全訳注原文付』	せらえし故し
伊藤博訳注『新版万葉集』	せらゆる故し

　このように、「故爲」の「爲」を「し」と訓んでいるものが多い。

■新訓解の根拠

「所爲故爲」と訓み、「爲さゆ爲す故」である。

「爲」の字が二度用いられているが、「爲されること」と「爲すこと」を対にした表現である。

「所爲」は通常、「返り点読み」されるように表記される。「ゆ」は、受身の助動詞「ゆ」である。

　したがって、「爲さゆ」と訓み、「他人から爲される」ことである。

　このつぎに、「自分がする」ことに「ゆえ」を付けて、「爲故」と通常の表記をすると、「所爲爲故」と「爲」が重なり、訓み難いうえに、対であることの理解が難しくなる。

　それゆえに、「爲す故」も「爲さゆ」と同じように「返り点読み」に「故爲」と表記されていると考える。

　また、この句は、直前の「如是」(かくのごと)と一体となって、間投句をなしている。

　「如是　所爲故爲」は、「このように、爲され爲す故」の意味であり、この歌の作者は、この間投句の前にある歌句に詠んでいる事柄を、自らが感動し、称賛して、それを「このように、爲され爲す故」と強調しているのである。

　すなわち、2カ所の「如是　所爲故爲」のうち、前者においては「このように、爲され爲す故」とは、「かへり立ち　道を来れば」が「爲す」に該当し、「うち日さす　宮女　さす竹の　舎人をとこも　忍ぶらひ　かへらひ見つつ　誰が子ぞとや　思はえてありし」が「爲され」に該当する。

　後者においては、「古へ　ささきし吾や」が「爲す」に該当し、「はし

きやし　今日やも子らに　いさにとや　思はえてある」が、「為され」
に該当する。

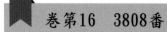

　巻第16の冒頭に「有由縁 幷せ雑歌」とあり、巻第16の歌には、歌が作られた事情が述べられている。

新しい訓

> 　住吉の　**小集らに出でて**　**さとるにも**　己妻すらを　鏡と見つも

新しい解釈

> 　住吉での**小さい集会によく出て、はっと気がついたことに**も、自分の妻であるのに、鏡のように美しく見えたよ。

■これまでの訓解に対する疑問点

　多くの注釈書は、第2句の「**小集楽尓出而**」の「集楽」を「つめ（詰）」と訓んで、橋のたもとと解し、そこで行われた小さい歌垣のような集まり、と訓解している。

　しかし、この歌の作歌事情が左注に詳しく記載されており、「時に郷里の男女、衆集まりて野に遊びき。」とあり、野で集まったと明らかにしているので、「集楽」を橋のたもとの意の「詰」と訓むことは相当ではない。

　また、定訓は、第3句の原文「寤尓毛」を「現（うつつ）にも」と訓んでいるが、「寤」は「さめる」「さとる」（『学研漢和大字典』）の意であって、「現」（うつつ）の訓も、意味もない。

■新訓解の根拠

「**集**」は、「集む」の連用形「集め」を名詞の「**つめ**」と訓み、集会の意味である。「小」は、こぢんまりとした集会を示している。

「楽」は「ラク」の音の一部を用いた略音仮名「ら」である。「神楽」
（かぐら）などにも、その例をみる。

「ら」は「等」で、一回だけの集会ではないこと、および「楽しい集
会」であることを示している。

　また「寤」を「うつつ」と訓むことについて、注釈書はほとんど説明
しておらず、「寤毛」を「うつつにも」と訓んでいる1132番の例を掲げ
ているものがあるが、それは「目覚めるも」と訓むべきであることは、
既述したとおりである。

　本歌の「寤尓毛」は「さとるにも」と訓む。

　この歌の左注には、男女が集まる集会に鄙人の夫婦が出て、その妻が
他の者より容姿が端正だったので、夫が妻を愛する情を増して、この歌
を作った旨の伝えがある、との由縁の記載がある。

「さとるにも」とは、集会の中で、夫が自分の妻の美しさに、はっと気
が付いたことにも、の意である。

　河村王が宴居のときに、常に琴を弾いて先ず誦った歌との左注がある2首のうちの一首。

新しい訓（旧訓）

> **刈る蓮葉**　田廬の許に　我が背子は　にふぶに笑みて　立ちませり見ゆ

新しい解釈

> 　刈り取った蓮の葉を、田圃の小屋に持ち込んで、私の背子はにやにや笑みを浮かべて立っておられるのが見える。
> （寓意）
> 　**手に入れた美しい女性を**、田の中にある小屋に連れ込んで、わが背子が、にやにやと笑って立っておられるのが見える。

■これまでの訓解に対する疑問点

　古写本によれば、初句の原文「可流羽須波」はすべて「カルハスハ」と訓が付されているが、江戸時代に契沖、賀茂真淵、鹿持雅澄等が「唐臼」、「韓臼」あるいは「柄臼」と解したことにより、現代の注釈書はこぞってこれに従い、「かる臼」と訓み、「唐臼」と解している。

　しかし、なぜ、「かるはすは」が「唐臼は」と訓むことができるのか、説明が十分されていない。

　「かるうす」と訓んでいる『岩波文庫　万葉集』は、「羽」字は、万葉集では「は」の訓仮名に用いられるのが常であり（約40例）、「う」の音仮名の例は他にない、と注釈している。

　また、一首の歌意は、『日本古典文學大系』によれば、「から臼は、田廬のそばに横たわり、そこに親愛なあなたは、大いに笑って立ってい

らっしゃるのが見える。」というもので、他の注釈書もほぼ同じ解釈である。

　ただし、『新日本古典文学大系』は、「かるうすは」を未詳とした上で、「刈る」に関係する意味未詳の枕詞「かるはすは」と見て、田廬のそばに収穫を終えた夫が、にこにこと笑っているさまを詠うものと理解することも可能であろう、としている。

■ 新訓解の根拠
「**可流**」が「**刈る**」と訓まれる例は、3499番、3638番、3890番の歌にある。
「**羽須波**」は「**はすは**」と訓み、「蓮葉」のことである。

　したがって、上2句は「刈る蓮葉　田廬の許に」となり、刈り取った蓮葉が田圃の中の小屋の所にあるとの意である。しかし、それは譬喩であり、「刈り取った蓮葉」は手に入れた美しい女性を意味している。「蓮歩」は「美人がしなやかに歩くさま」、「蓮腮（れんさい）」は「美人のほお」とされており（『学研漢和大字典』）、蓮は美しい女性の形容に用いられる（後掲3826番歌参照）。

　したがって、一首の歌意は、手に入れた美しい女性を田の中にある小屋に連れ込んで、わが背子がにやにやと笑って立っておられるのが見える、というものである。

　河村王が宴居のとき、誦（うた）った理由が分かるであろう。

補注

　万葉集に「蓮」を詠んだ歌が、本歌以外に4首ある。そして、いずれも「はちす」と訓まれているので、「蓮」は「はちす」であり、本歌の「はす」は蓮を意味しないとの反論が予想される。
「はちす」は「蓮」の花托が蜂の巣の形に似ていることによるもので、「はす」はその転訛であるとされている。転訛して「はす」といつごろから言われ始めたのか定かではないが、『枕草子』および『源氏物語』においては「はす」と用いられている。
　また、本歌が登載されている巻第16は、巻頭に「**有由縁幷雑歌**」と

の題があり、これについて蔵中進氏は、「要するに巻十六における由縁は、他巻における題詞・左注の類とは大いに性格を異にするもので、歌と散文とが一体になって、あるいは散文によって歌が補われつつ一つの作品として完結するものであり、（後略）」と論述している（『萬葉集講座』第三巻「万葉集と散文」有精堂）。

「はちす」が「はす」と転訛され、口語および散文において「はす」と言われるようになってからも、歌の世界においては後世まで（現代でも）「はちす」と詠われている。

したがって、歌において「はちす」と詠われているからといって、その時代に口語や散文において「はす」と言われていなかったと結論することはできない。

すなわち、万葉の他の歌に「はちす」と詠われているからといって、万葉の時代に「はす」という詞がなかったという証左にはならない。

蔵中氏が論ずるように、本歌は散文的に詠まれているものであるから、当時散文で用いられていた「はす」の詞をあえて用いて詠んでいると考えられる。また、「刈るはちすば」では字余りになるので、散文に用いられていた「はす」と詠い、字余りを避けたことも考えられる。

さらに、第４句において、「笑み」の原文に「咲」が用いられているのも、初句において「蓮」を詠んでいるからの用字と考える。

なお、本歌の９首後にあるつぎの歌も、蓮葉に美女を譬えている歌である。

3826　蓮葉はかくこそあるもの意吉麻呂が家なるものは芋の葉にあらし

この歌に対し、『新潮日本古典集成』は、「気高い蓮の葉に美女を譬え、似て非なる手近な芋の葉に自分の妻を譬えた道化歌。」と注釈している。

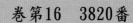
小鯛王が宴居の日、琴を取って先ず吟詠する２首とあるうちの一首。

定訓

> 夕づく日　さすや川辺に　作る屋（や）の　**形をよろしみ**　うべ寄
> そりけり

新しい解釈

> 　川辺に作った粗末な建物に、夕方の陽光が射して建物の**形が
> 好ましく見えるようになり**、いかにも世の中が靡（なび）き寄るように
> なったものだなあ。
> （寓意）
> 　しがない私の人生の形跡が、晩年になって脚光を浴び、**評価さ
> れるようになり**、なるほど自分に世の中が靡いてきたのだなあ。

■これまでの解釈に対する疑問点

　この歌の第４句に、「形をよろしみ」とある「〜を〜み」の構文は、
原因や理由を表すものとして、古文や古歌の愛好者なら知らない人はい
ない。

　注釈書の多くも、そのように訳している。

『日本古典文學大系』
　　夕日のさす川辺に建ててある家の形のよさ、そのように女の姿か
　　たちがよいので、あちこちから男が自然に引き寄せられるのも、
　　もっともなことだなあ。

澤瀉久孝『萬葉集注釋』
　　夕方に近づいた日がさしてゐる河邊に今造りつゝある建物がある

229

が、その形が氣に入る<u>ので</u>、引きよせられたのも尤もだ。

　ところで、最近、江部忠行氏が「ミ語法」の「み」の意味を「上接する形容詞語幹が表わす性質へ向かう変化、あるいはその程度がます変化」とする、新たな研究を北海道大学『国語国文研究』（第150号）に発表している。

　私は、本歌の「形をよろしみ」の「み」について、江部氏の研究成果を適用すべき例と考える。

■新解釈の根拠

　2首とある、もう一首はつぎのとおり。

　3819　夕立の雨うち降れば春日野の尾花が末の白露思ほゆ

　この人は、聖武天皇即位直後である神亀年間に活躍した風流侍従の一人といわれている。そのような人がいつも吟詠したというのであるから、よほど思い入れがあり、また何かを隠喩している歌と思われる。

　ちなみに、3819番の歌意は、春日野の野辺に目立たなく生えている尾花でも、予期せぬ夕方の雨が降れば、その葉末に白露を置いて、人が愛でるようになる、である。

　さて、「夕づく日　さすや」とは、一日の終わりに近い夕方にさす陽光であるが、裏の意味に「人生の晩年に脚光を浴びること」を譬喩している。

　それは、3819番歌においても、「夕立の雨うち降れば」は、同じように「人生の晩年に慈雨に恵まれること」を裏の意味として譬喩していると考えるからである。小鯛王自身、晩年、聖武天皇の御代になって重用されたことに共感しているのであろう。

　「河辺に作る屋」は、川のほとりには厠が建てられることが多かったので粗末な建物のこと、これも譬喩で粗末な建物は「自分が人生をかけて築いてきた形跡」を謙遜した表現である。

　「形をよろしみ」は、さす夕日の光線の変化によって、建物の形がだんだん好い形に見えてきて、の意。裏の意は、人生の終わりころに自分の

行跡がだんだん世の中の人に好く評価されるようになって、の意である。

「うべ寄そりけり」は、いかにも世の中が靡き従うようになった、すなわち、苦しい人生であったが晩年には世の中に認められるようになったものだなあ、である。

　私は一首をこのように解釈するので、「形をよろしみ」と詠った歌の作者（あるいはこの歌の愛誦者）は、多くの注釈書のように「形が好ましいので」と単に理由や原因を他人に説明しているのではなく、自分の人生の行跡が世の中から「好まれる方向になってきた」としみじみと述懐しているものと考える。

「ミ語法」の「み」の意味を「上接する形容詞語幹が表わす性質へ向かう変化、あるいはその程度がます変化」とする江部氏の研究成果が、まさにこれに該当する。

　なお、「作る屋の形」を「自分の人生の行跡」として詠っているとする私の解釈に不審を抱く人もいるかも知れないが、『日本古典文学全集』に「王の別名、置始多久美がタクミ（工匠）の語を含むので『作る屋の形を宜しみ』の句があるこの歌が愛誦されたのだろう。」との注記があるように、名前の「タクミ」にちなみ、自分が人生で作った形跡を建物に見立てている句であるのである。

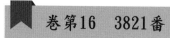

「兒部女王が嗤う歌」との題詞がある歌。

新しい訓

> うましもの　いづく飽かじを　賢人らが　角のふくれに　し
> ぐひ合ひにけむ

新しい解釈

> 性格のよい男とはいつまでも嫌になることもないだろうが、
> **分別くさく、こざかしい、あんな角ばっている男と、あの娘子**
> **はよくもくっつき合っているものなあ。**

■これまでの訓解に対する疑問点

　この歌の左注に、娘子の姓を「尺度氏」であるとの記載がある。

　それゆえに、定訓は本歌中の「坂門等之」は娘子の姓である「尺度」のことであるとして、娘子の固有人名「さかど」と訓んでいる。

　巻第16には、固有人名が訓まれている歌が3826番歌「意吉麻呂が」、3830番歌「鎌麻呂」、3853番歌「石麻呂に」とあるが、これらの固有人名はいずれも男性の名であり、かつ氏ではない。

　注釈書の多くは、坂門という氏の娘が、容姿が優れた男の求婚を選ばず、角という姓の醜い男と一緒になったことを、嗤っている歌と解している。

　「坂門」を女性の娘子の氏そのものと解するのは不審で、「さかと」を何かの人（と）の普通名詞にも充てていると考える。

　同様に、第4句の「角」を「かど」という姓の氏だけに解するのも、不審である。

　なお、初句の原文「美麗物」について、「うましもの」のほか「くは

しもの」、「かほよきは」とも訓まれている。

■新訓解の根拠

「坂門」の「さか」は「賢し」の「さか」で、「と」は「人」の「と」である。

　したがって、「**坂門**」（さかと）に「賢しら人」を約めた「**賢人**」（さかと）を連想させており、「分別くさく、利口ぶって差し出がましい、こざかしい人」のことである。「ら」は、非難した言い方。

　同様の表現は、3836番歌「俀人」を「こびひと」と訓んでいるが、「こびる人」を「こび人」と約めている。また、773番歌「諸弟等之」を「もろとらが」と訓むのも同類である。

　「**角**」は「**かど**」と訓み、「人と和合しないこと」（『古語大辞典』）で、「角のふくれに」は、「あんな角ばった男に」の意である。

　「**美麗物**」は「**うましもの**」と訓み、立派なものの意。この歌においては、人の容姿が立派というのではなく、性格、人格が立派ということである。

　したがって、上2句は「性格の立派な人はいつまでも嫌になることはないが」の意である。

　結句の「しぐひ合ひ」は、多くの注釈書は未詳、特に「し」の意味について明らかにされていないが、「しぐふ」は大工用語の「仕口」から派生した言葉で、仕口は木と木を組み合わせるとき、接合部分に凸形と凹形を作り、それを咬み合わせて、一体にする仕法である。「咬み合う」ことは口で「食う」ことであるから、「仕口」から「仕くふ」という詞が生まれたものである。「尺度」は「物差し」のことでもあり、「仕くひ合ひ」、角材の「角」も大工用語であり、この3語は縁語の関係にある。

　多くの注釈書の解釈のように、男の容貌が醜いことを詠ったものではなく、また男女の固有人名だけを掲げて詠っているものではない。

「古歌日」の題詞がある歌。

新しい訓

> 橘の　**近し長屋に**　我が率寝し　童女放りは　髪上げつらむ
> か

新しい解釈

> 橘という所の**近くにある長屋に**、私が連れ込んで共寝した童
> 女放りの娘子は、今は髪を肩まで上げたであろうか。

■これまでの訓解に対する疑問点

　この歌の左注に、椎野連長年という人が、第2句・第3句の原文は「寺之長屋尓　吾率宿之」であるが寺の建物は俗人の寝るところでない、また、第4句に「童女乃」とあり若冠女であるのに、結句に重ねて髪を結い上げるというべきではないの2点を批判し、つぎの歌のように決めたとある。

　　3823　橘の照れる長屋に我が率寝し童女放りに髪上げつらむか

■新訓解の根拠

　まず、本歌は巻第16に収録されているが、この巻に収録されている歌はひと捻りのある歌、諧謔に富んだ歌が多いことである。

　3822番歌に対して長年は、正面から理解しているが、この古歌の作者は「寺」の文字をひと捻りして用いているのである。

　「寺」は、「手足を動かして働くこと。侍（はべる）や接待の待の原字。転じて、雑用をつかさどる役所のこと。」（『学研漢和大字典』）であり、

また、『類聚名義抄』(法下) には「チカツク　チカシ」の訓が掲げられている。

　歌の作者は、橘というところの近く、あるいは橘の樹が近くにある長屋に童女を連れ込んだと詠んでいるところ、「近くにある」の意に「寺」の文字を用いることにより、「橘」と「寺」の文字が続けば、誰もが橘寺の僧が寺の長屋に童女を連れ込んだと連想するだろうからとの諧謔を楽しむためにひと捻りしているものである。

　長年は「寺」の字源を知らなかったため、諧謔を理解できなかったのである。

　つぎに、「放り」については、「上代、8歳ごろから15、16歳ぐらいまでの少女が、髪を切らないで伸ばして振り分けに垂らすこと。また、その髪をした少女。」(『古語大辞典』)と、「少女が肩までつくように垂らしていた『うなゐ』の髪を、肩から離れる程度にあげること。また、その少女。」(『岩波古語辞典』)と、辞書により説明が相違する。

　1809番歌「葦屋の　うなひをとめの　八歳子の　片生ひの時ゆ　小放りに　髪たくまでに(以下、省略)」とあり、8歳ごろから髪を垂らしていた童女が、婚期が近づく15〜16歳になると、髪を肩から離れるぐらいに上げていたこと、が推測される。

　3822番歌を詠った作者は、「童女放りは」の意味は、共寝したとき、まだ髪を垂らした童女放りの娘子「は」、今は、もう髪を肩から離れるように上げたであろうか、と想像しているのに対し、長年は、「童女放り」を成人の「若冠女」の「童女卅」と理解して、童女卅りはと詠む以上は髪を上げていた状態であるから、結句でさらに「髪上げつらむか」と詠むのは可笑しいと指摘し、共寝した時に髪を上げていた状態であれば、「童女放りに　髪上げつらむか」と、「に」と詠むべきと改めたものである。

　この点、「童女放り」の解釈が定まらないので、どちらが正しいか決め手がないが、3822番歌の方が歌として好ましい。

　このように、歌の解釈は、人によって理解が異なり、1300年前から難しかったことが分かるのである。

　府の官人が饗食した時、蓮の葉を饌食を盛るのに用いたが、右兵衛という人が、「蓮葉に関して歌を作れ」と言われて作った歌との伝がある、との左注がある。

新しい訓

> 　　ひさかたの　雨も降らぬか　蓮葉に　溜まれる水の　玉なる見らむ

新しい解釈

> 　〈ひさかたの〉雨も降ってくれないだろうか、蓮の葉に、溜まった水が玉であるのを見るだろう。

■これまでの訓解に対する疑問点
　結句の原文は、類聚古集、尼崎本、紀州本、西本願寺本、京都大学本は「玉似有将見」であるが、陽明本は「玉将似有見」で「将」が「似」の前にあり、広瀬本と寛永版本は「玉尓似有将見」と「玉」と「似」の間に「尓（爾)」が入っている。
　定訓の「玉に似たる見む」の訓には、つぎの問題がある。
　一つは、「玉に似たる見む」は、8字の字余りであること。
　二つは、「玉に」の「に」に当たる原文がないのに「に」を訓添して、字余りとしていること（そのため、広瀬本と寛永版本は、「に」の字を補っている）。
　なお、『岩波文庫　万葉集』は「有」は「看」の誤り、すなわち原文は「玉似将看見」であったと推測し、タマニルミムと訓むことにする、としている。

■新訓解の根拠

　定訓は「似有」を「似たる」と訓んでいるが、「似」を「にる」の正訓ではなく、「にる」の略訓の「に」により、助詞の「に」と訓む。

「似」を助詞の「に」と訓む用例は、664番歌「妹似相武登」(妹に逢はむと)、1185番歌「浪越似所見」(波越しに見ゆ)、2717番歌「世染似裳」(よそ目にも)、2748番歌「四美見似裳」(しみみにも)がある。

「に有」は「にあり」、約めて「なる」と訓む。「将見」は「見らむ」と訓み、「らむ」は現在推量の助動詞。

　よって、結句は「玉なる見らむ」と訓み、一首の歌意は、「雨も降らないかなあ、(降れば)蓮の葉に溜まった水が玉であるのを見るだろう、である。

池田朝臣、大神朝臣奥守を嗤（わら）う歌との題詞がある。

新しい訓

> 寺々の　女餓鬼（めがき）申さく　大神の（おほみわ）　男餓鬼（をがき）賜りて　その子播（ま）くらむ

新しい解釈

> 寺々の女餓鬼がはっきりと言っているには、大神の男餓鬼の種をもらって、その子を各地にばら播こう。

■これまでの訓解に対する疑問点

　結句の原文は、諸古写本はいずれも「其子将播」であるが、定訓は「播」は「懐」の誤字として「はらむ」、すなわち「みごもる」の意に訓むものである。

　しかし、「播」を「懐」の誤字とするのは一首の歌意の想定が先行して、強引に誤字説により訓解しようとするもので、両文字に字形などの相似性は全く認められない。

■新訓解の根拠

「寺々の女餓鬼」といっているので、女餓鬼は仏教界の餓鬼である。

　これに対し、男餓鬼は「大神の男餓鬼」といっているから、神道界の餓鬼である。

　結句の「**播**」は「ばらばらと播き散らす」の意の「**まく**」で、本歌の「其子将播」は、「**その子播くらむ**」と訓む。

　これは戯れ歌で、仏教の寺々の女餓鬼たちが、神道の男餓鬼の種をもらって、その子供を産んで、ばら播き、仏教を広めてゆこうとはっきり

言っている、と戯れている歌と考える。当時の「仏前神後」の政策が歌の背後にある歌と考える。

「その子播くらむ」は、在来勢力の神々の力を借りて、仏教を伝播することを意味している。

　したがって、定訓のように「その子はらまむ」では、寺々の女餓鬼が神の男餓鬼の子を産みたいということになるが、何のために産みたいのか歌の意図が明らかでなくなる。

　前句で「男餓鬼<ruby>賜<rt>を</rt></ruby><ruby>り<rt>が</rt></ruby><ruby>て<rt>き</rt></ruby>」といっているので、男餓鬼の「子を賜る」ことを意味しており、後の句で「播」を「懐」と訓む必要は毛頭ないのである。

「女餓鬼申さく」の「く」はク語法で、「申す」と「明く」が約まって「申さく」となり、「明く」は知覚できる状態であるとする江部忠行氏の新研究の見解に従い、「女餓鬼がはっきりと言っている」と訳する。

「戯れて僧を嗤う歌」との題詞がある。

新しい訓

> 法師らが　鬘《ひげ》の剃り杭《くひ》　馬繋ぎ　いたくな引きそ　**僧はしたなむ**

新しい解釈

> 法師が剃った跡に残っている髭を杭にして、馬を繋ぎ、ひどく引かないで、**僧にみじめな思いをさせるだろう。**

■これまでの訓解に対する疑問点

　定訓は、結句の原文「僧半甘」の「半甘」を、「半」をナカと訓み、「甘」即ちカムのカを略して「ナカム」と訓み、「法師は泣かむ」と訓解するものである（『岩波文庫　万葉集』）。

　しかし、「半」を訓仮名の「なか」はともかく、「甘」を音仮名で「む」と訓むという異例の訓み方である。

　初句には「法師」との表記で「ほふし」とあり、結句は「僧」であるが「そう」と訓まず、こちらも「ほふし」と訓むこと、また「法師は」の「は」を補読とすることなど、多々疑問がある。

■新訓解の根拠

「半甘」の「半」は「半端」の「半」で、この歌において「半」を「**はした**」と訓む。「はした」は「中途はんぱな状態できまりがわるく、引込みがつかないこと。」（『岩波古語辞典』）。

　澤瀉久孝『萬葉集注釋』によれば、「甘は莟の省畫として、ナムに用ひられたといふのである」との説が紹介されている。

「甘」も「甞」も「口に含んで味わう」(『学研漢和大字典』)の意で、「なめる」の「甞」に「なむ」という訓(『類聚名義抄』)がある。

　また、「甞む」には「人を甘く見る」(『古語大辞典』)の意があり、「甞」と「甘」は語義が近く、したがって「甘」は「甞」の省画として「なむ」と訓むことができる。

「僧」は「そう」と訓んで、「**僧半甘**」は「**そうはしたなむ**」と訓む。

「はしたなむ」は「はした」な状態を「なめ」させて「みじめな思いをさせる。」(前同)ことである。

　一首の歌意は、法師の髭の剃り跡にのびている髭を杭に見立てて、馬を繋いで引くのにあまり強く引かないで、僧にみじめな思いをさせるだろう、である。

類　例

巻第16　3847番

前掲歌に法師が報えた歌。

新しい訓

> 壇越やだんをち　しかもな言ひそ　里長がさとをさ　課役徴らばえつきはた　**汝もはしたななむ**

新しい解釈

> 　檀家よ、そんなことを言うものではない、里長が課役を徴収しにきたら、**あなたもとりつくしまのないような、みじめな思いをさせられるだろう。**

■これまでの訓解に対する疑問点

　この歌の結句の末尾は、前掲3846番歌と同じ原文「半甘」がある**汝毛半甘**であり、定訓は3846番歌と同様に「汝も泣かむいまし」と訓んで

いるが、同じ疑問がある。

■新訓解の根拠
　3846番歌で説明したように「半甘」を「はしたなむ」と訓んで、本歌は「汝もはしたなむ」である。
「はしたなむ」に「とりつくしまのないような思いをさせる。格好（かっこう）のつかない。」の意（『岩波古語辞典』）もあるので、檀家よ、そんなことを言うものではない、里長が課役を徴収しに来たら、あなたもとりつくしまのないような思いをさせられ恰好がつかないよ、と法師が逆襲しているのである。

　題詞に「夢の裏に作る歌」とあり、左注に「夢の裏にこの恋歌を作りて友に贈る」とある。

新しい訓

> 　荒き田の　鹿猪田の稲を　倉に上げて　**あな干稲干稲し**　我が恋ふらくは

新しい解釈

> 　開墾した田で、鹿や猪を追い払い育てた稲であるが、倉に上げて手をつけずに、**ああ干稲米にしてしまった（結ばれる好機を逸してしまった）**、そのようなものだ、わたしが恋をするということは。

■これまでの訓解に対する疑問点
　歌の作者・忌部 首 黒麻呂が夢の中で友に贈った歌を、覚めてから暗誦したというのであるから、特定の女性に対する秘めた思いの歌であろう。
　多くの注釈書は、黒麻呂が恋を一般的に詠ったものと解釈しているが、そうではない。

■新訓解の根拠
「荒き田の　鹿猪田の稲を」は、特定の女性を譬喩している。
　自分が見出して、邪魔者を追い払い、大切に育てた女性の譬喩であろう。
「倉に上げて」は、年ごろになった女性に手を出さずに、大切にしていることである。

「ひね」の原文は「干稲」で、「ひね」とは、その年に収穫した米をその年に食べないで、年を越して置いておいた米のことである。新米の美味しい食べごろを逸している米である。

「あなひねひねし」は、ああ、その女性と結ばれる好機を逸してしまった、の意。

「我が恋ふらくは」は、私が恋をするというのは、こういうことだ、との男の秘かな述懐である。

あえて夢の裏に作った歌とし、かつ、相手の女性を終始、稲米をもって譬喩して、相手の女性がどういう関係の女性か、明らかにしないように詠んでおり、黒麻呂にとって明らかにしたくない関係の女性であったのであろう。しかし、この歌を「夢の裏に友に贈る」とあり、この恋の辛さは、せめて夢の中で友に知らせたかったのである。

佐爲 王 に仕えていた女が、夫が恋しくて詠んだ歌。万葉集の中で、
最も短い長歌。

新しい訓

> 飯喫めど　美味くもあらず　**行き往けども**　安けくもあらず
> あかねさす　君が心し　忘れかねつも

新しい解釈

> 　ご飯を食べても美味しくはなく、**日々は行き過ぎるけれども**
> 心は安らかではない、〈あかねさす〉やさしい夫の心を忘れら
> れないことよ。

■これまでの訓解に対する疑問点
　第3句の原文「雖行往」を各注釈書は、つぎのように訓解している。

『日本古典文學大系』	「寝ぬれども」表記者の理解の如何に拘わらず、もとの吟詠者の意は「寝ぬ」である。
『日本古典文学全集』	「行き行けど」歩きまわってみるが
澤瀉久孝『萬葉集注釋』	「いぬれども」寝て居ても
『新潮日本古典集成』	「い寝れども」寝床に入っても
『新編日本古典文学全集』	「行き行けど」歩き回っても
『新日本古典文学大系』	「行き行けど」うろうろと歩き回っても
中西進『万葉集全訳注原文付』	「寝ぬれども」寝ても安眠はでき

245

| 伊藤博訳注『新版万葉集』 | 「住ぬれども」いくら歩き廻っても |
| 『岩波文庫　万葉集』 | 「行き行けど」うろうろと歩き回っても |

以上、「寝ぬ」と「行く」に分かれているが、「寝ぬ」は、板橋倫行氏の説により、上代から「寝食」という表現が知られていたので、表記の如何にかかわらず、初句の「食」に対しては「寝」でなければならないとするもので、原文重視による訓解の立場からは容易に採り得ない。

■新訓解の根拠

「行」の「ゆく」には歳月が流れる意があり、2243番歌に「歳雖行」（としはゆくとも）がある。

「往」の「ゆく」にも「過ぎ去ったこと。」（『学研漢和大事典』）の意がある。

　したがって、**「雖行往」**は**「行き往けども」**と訓み、日々は行き過ぎるけれども、の意である。

「行き往けども」は６字であるが、「往き」の「ゆ」のヤ行音の前に i または e の音節である「行き」の「き」があるので、字余りが許容される。

この歌は「筑前国志賀の白水郎歌」で、10首の連作のうちの一首。

新しい訓

> 　大君の　遣はさなくに　**逸りかに**　行きし荒雄ら　沖に袖振る

新しい解釈

> 　大君が派遣したのではないのに、勢いにまかせて行ってしまった荒男らに対し、沖に向かい別れの袖を振る。

■これまでの訓解に対する疑問点

第3句の原文「情進尓」を、定訓は、「賢しらに」と訓んでいるが、381番歌の「情進莫」は「心進むな」と訓んでいる。

私は、381番歌の「情進莫」を「心急くな」と詠むべきことを、シリーズⅠの同番歌の「新しい訓」で述べた。

同じ「情進」を、381番歌で「心進む」、本歌において「賢しら」と訓むのは、どちらの訓にも無理があると考える。

なお、この連作には左注があり、これらの歌が詠まれた背景が詳しく記されている。

それによると、対馬に食糧を送る船の船頭仲間から、年を取って衰えたからと交替を相談された荒雄が、その代わりを引き受けて船出したが、海上で暴風雨に遭い、遭難死したというのである。

■新訓解の根拠

「情進尓」を**「逸りかに」**と訓む。

「逸りかに」は、動詞「はやる」の連用形に、状態を示す接尾語「か」

を加えたもので、意味は「勢いにまかせて進み、静止のきかない状態」の意（以上、『古語大辞典』 語誌 原田芳起）である。

「進」を「逸る」の意に訓んでいる歌として、557番歌「榜乃進尓」を「こぎのすゝみに」と訓み、「漕ぎ逸って」と解している説（澤瀉久孝『萬葉集注釈』）がある。

　本歌に詠われている荒雄は、親切心で、勢いにまかせて安請け合いをしたもので、「逸りかに」の詞がぴったりである。

　定訓の「賢しらに」は「利口ぶるさま」「出しゃばり」の意で、どこか相手を非難している語感があるが、荒雄の前記行動は、軽はずみとみられても、非難される行動ではない。

　現に、本歌を含む10首に、荒雄を非難する歌は無く、同情、哀惜を詠う歌ばかりである。「賢しらに」の訓は、明らかに相応しくない。

類　例

巻第16　3864番

前掲連作歌の中の一首。

新しい訓

> 　官_{つかさ}こそ　さしても遣らめ　自_{みずか}らに　行きし荒雄ら　波に袖振る

新しい解釈

> 　役所が指名して派遣したのではないのに、**自らに**行った（遭難した）荒男らに対して、波に向かい別れの袖を振っている。

■これまでの訓解に対する疑問点
　定訓は、第3句の原文「情出尓」を「賢しらに」と訓んでいる。
　前掲歌で述べたように、「賢しら」の語は、この遭難事件の歌に相応

しくないと考える。

　また、「情出尓」を「賢しらに」と訓む合理性・必然性が認められない。

■新訓解の根拠

「情出尓」は、「みずからに」と訓む。「情（おもい）が出た」の意に解する。

　また、「官こそ　さしても遣らめ」の「こそ……（已然形）」の構文は、後続文に対し、逆接の関係になり、「官の指名」と「自らに」が、まさに逆接の関係になるのである。

　定訓の「賢しらに」では、この逆接関係が明瞭ではなくなる。

題詞のない歌である。

新しい訓

> 　射ゆ鹿を　**見とむ川辺の**　にこ草の　身の**若かへに**　さ寝し
> 子らはも

新しい解釈

> 　射られた鹿を**川辺に見るように**、あの子を川辺のにこ草の**若
> く柔らかそうな**上に連れてきて、共寝をしたことだなあ。

■これまでの訓解に対する疑問点

　第3句の原文「認河邊之」の「認」を、諸古写本では「トムル」と訓
まれているが、多くの注釈書は「つなぐ」と改訓し、射止めた鹿の足跡
を川辺に追ってゆく意に解している。

　また、上3句は「にこ草」から「若草」を連想して、第4句の「若」
を導く序詞とする（『岩波文庫　万葉集』）というが、「若」の序詞であ
れば「川辺の　にこ草の」で必要十分であり、「射ゆ鹿を　認」は必要
がない。「射ゆ鹿を　認」は、単なる序詞の句ではない。

■新訓解の根拠

「認」は「見とむ」と訓み、「射ゆ鹿を　見とむ川辺の　にこ草の」は、
歌の作者が心をとらえた娘子を、川辺に射られた鹿のように見て、その
娘子と川辺のにこ草の柔らかに見える草の上で共寝した、という意であ
る。

「みとむ」の連体形は「みとむる」であるが、ここは字数の関係で、終
止形に詠んでいる。

　第4句「身の若かへに」の「若か」の「か」は、「物の状態・性質を表わす擬態語などの下につき、それが目に見える状態であることを示す。『のど ──』『ゆた ──』『なだら ──』『あざや ──』など。」(『岩波古語辞典』) である。

「にこ草の　身の若かへに」は、「にこ草の中でも若く柔らかく見える部分の上で」の意である。

「かへ」の「へ」は、「上」の意の「へ」である。

　また、「へ」は、38番歌の「春へ」の用例にみられるように、「大体その頃」(前同) の意もある。

　すなわち、「身の若かへに」は、にこ草の「若く見える部分の上に」と、吾が「身の若い頃に」の二つを掛けているのである。

この歌は「題詞」がない長歌である。

新しい訓

> 　こと放けを　押したる小野ゆ　出づる水　ぬるくは出でず
> （後略）

新しい解釈

> 　どうせ二人を離すことを押し進めている地形の小野であるか
> ら、小野から出てくる水は、ぬるくは出てこない（冷たい）、

■これまでの訓解に対する疑問点
　ほとんどの注釈書は、原文「琴酒乎」を「押垂小野」にかかる枕詞・語義不詳、「押垂小野」を地名・所在不明としている。
　中西進『万葉集全訳注原文付』は「琴や酒を押し垂れてゆく歌垣の小野。」および伊藤博訳注『新版万葉集』は「こと酒すなわち上等の酒は圧して搾り垂らして作るから。」とそれぞれ注釈している。

■新訓解の根拠
「琴酒」の用例は、3346番歌に「琴酒者　國丹放甞　別避者　宅仁離南」（こと放けば　国に放けなむ　こと放けば　家に放けなむ）にあり、用字は若干異なるが1402番歌にも「殊放者　奥從酒甞」（こと放けば　奥ゆ放けなむ）とある。
　すなわち、「酒」は離す意の「放け」の借訓字として用いられており、「琴」は「こと」で「どうせ……するなら」の意の副詞である。
「押垂小野」は地名ではなく、「押垂」は「押したる」で、「押し」は「進める」「圧迫する」の意で、「たる」は断定の助動詞「たり」の連体

形。

　したがって、前掲記部分の歌意は、どうせ二人を離すことを押し進め
ている地形の小野から出てくる水はぬるくはない、冷たいの意である。

　この長歌は、恋人と小野を間に隔てて離れている歌の作者が、小野を
通って人気の少ない道で恋人と逢いたいが、それが容易でないことを
「出づる水　ぬるくは出でず」と詠んでいるものである。

　この長歌は、後半で「逢はぬかも」と二度も詠んでいること、かつ
「酒」を「放け」と訓んでいる類歌があるのであるから、本歌の「酒」
も「放け」であることは、容易に推察でき、「琴酒を」が地名にかかる
枕詞でないことは歴然である。

「能登國歌三首」との題があるうちの１首目の歌。

新しい訓

> 　梯立の　熊来のやらに　新羅斧　落とし入れ**くゎし**　あげて
> あげて　な泣かしそね　浮き出づるやと　見む**くゎし**

（はしたて）（くまき）

新しい解釈

> 〈梯立の〉熊来の沼地に新羅斧を落とし入れてしまったのだ**わ
> い**、そんなに声をあげて泣くなよ、浮いて出てくるかと、見て
> やる**わい**。

■これまでの訓解に対する疑問点
　ほとんどの注釈書は、「堕入和之」および「將見和之」の「和之」を、
「わし」と訓んで、囃し詞としている。

■新訓解の根拠
　3552番歌「佐和恵」の訓解において、「和」を「くゎ」と訓んだよう
に、本歌においても「和」を「くゎ」と訓み、「和之」は「くゎし」で
ある。
　「和」の漢音は「カ（クヮ）」であり、今でも「和尚」は「カショウ」
「クヮシャゥ」（『学研漢和大字典』）と訓まれている。
　終助詞「かし」は「説得や確認のために、念を押す気持ちを表す。」
（『古語大辞典』）とされ、平安時代以降に現れた（『岩波古語辞典』）と
されているが、万葉の時代は「くゎし」と発音されていたものが、平安
時代に「かし」となったものと考える。
　したがって、本歌の「和之」は「くゎし」と訓み、「かし」の意で、

確認のために、念を押す気持ちを表す終助詞である。

　新羅斧を落としたこと、浮き上がってくるかもと見ていることを、いずれも確認し、念を押して詠っているのである。

「やら」は、沼地のこと。

類　例

巻第16　3879番

　旋頭歌形式の歌である。「能登國歌三首」との題があるうちの２首目の歌。

新しい訓

> 　梯立の　熊來酒屋に　**まぬらる奴くゎし**　さすひ立て　率て来なましを　**まぬらる奴くゎし**

新しい解釈

> 　〈梯立の〉熊來酒屋に、**ほんとに入り浸っている奴だわいな、**誘い出して連れ出せばよかったよ、**ほんとに入り浸っている奴だわいな。**

■これまでの訓解に対する疑問点

　定訓は「眞奴良留奴和之」の「眞」を接頭語の「ま」、「奴良留」を「ぬらる」と訓んで、「のらる」の訛り、すなわち「罵る」に受身の助動詞「る」の終止形が付いたものと解し、この句を「本当に罵られている奴、わし。」と解釈している。

「わし」は囃し詞としている。

　酒屋で働いている人が、主人に叱られていると解している説があるが、働いている人に「さすひ立て　率て来なましを」の句は、違和感がある。

■新訓解の根拠

「眞」を接頭語の「ま」であるが、「奴良留」の「奴」（ぬ）を「の」が訛ったものとみて、「のらる」は「乗る」に受身の助動詞「る」が付いたものと解する。

「乗る」には「（心に）とりついて離れない」（『岩波古語辞典』）の意があるので、この句は「本当に（酒屋に）とりつかれて、入り浸ってしまった奴」と解釈する。

「さすひ立て　率て来なましを」は、酒屋にとりつかれている人を、「誘い出して、連れ出せばよかったのに」の意である。

　上下の句にある「和之」は、共に「くゎし」と訓み、「説得や確認のために、念を押す気持ちを表す」終助詞である。

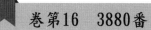

「能登國歌三首」との題があるうちの３首目の歌。

新しい訓

> **聞こゆる種**　机の島の　しただみを　い拾ひ持ち来て（中略）母に奉りつや　めづ児の刀自　父に献りつや　みめ児の刀自

新しい解釈

> **有名な食材、**机の島のしただみを、拾い持って来て（中略）母親に差し上げたか、可愛い主婦よ、父親に差し上げたか、可愛い主婦よ。

■これまでの訓解に対する疑問点

　ほとんどの注釈書は、初句の原文「**所聞多祢**」を「香島嶺」「鹿島嶺」「かしまね」と訓んで、山の名と解している。

　それは、契沖が「所聞ノ多ケレバカシマシキナリ」と解したことに、従っているものである。

　3336番歌の「所聞」を「かしま」と訓むことが誤訓であることを既述したが、さらに能登半島には「香島」の地名（4028番）があるとしても、香島「嶺」の机の「島」との表現が不自然であること、上代では「かしまし」の例が確認できない（『古語大辞典』語誌）とされていることなどから、本歌の「所聞多祢」を山の名の「かしまね」と訓むことには大きな疑問がある。

■新訓解の根拠

　この長歌は「しただみ」という巻貝を調理して、母と父に奉げること

257

を詠っている。

「机之嶋能　小螺乎」すなわち「机の島の　したдми」と詠っているので、「机の島」の「したдми」は、この地の人々に名物として知られていたものと思われる。

「**所聞**」は「**聞こゆる**」と訓んで「**有名な**」、「**多祢**」は「**種**」と訓んで「**材料**」の意（以上、『古語大辞典』）で、「所聞多祢」は「有名な食材」の意味である。

「所聞」を「聞こゆる」と訓み「有名な」の意の用例として、3015番歌「如神　所聞瀧之」（かみのごと　きこゆるたきの）に、そして「多祢」を「種」と訓む例は、3761番歌「須恵之多祢可良」（すえしたねから）にある。

　よって、第3句までの歌意は、「有名な食材、机の島のしたдみを」となる。

　なお、句の字数を合わせるため、連体形で訓むべきところを終止形で訓んでいる例があるので、本歌の「聞こゆる種」も「聞こゆ種」であることも考えられる。

「物に怕<ruby>怕<rt>おそ</rt></ruby>るる歌三首」と題詞のある３首のうちの１首目の歌。

新しい訓

<ruby>天<rt>あめ</rt></ruby>なるや　神楽<ruby>神楽<rt>ささら</rt></ruby>の小野に　茅草<ruby>茅<rt>ち</rt></ruby><ruby>草<rt>がや</rt></ruby>苅り　<ruby>枯<rt>か</rt></ruby>れ<ruby>枯<rt>か</rt></ruby>れ<ruby>墓<rt>ばか</rt></ruby>に　<ruby>鶉<rt>うづら</rt></ruby>を立つも

新しい解釈

　天上界にあるかのように物音ひとつしない小さい野で茅草を苅っていると、**衰えて枯れそうな様相の草叢<ruby>草叢<rt>くさむら</rt></ruby>の中にある古い墓から、**いきなり鶉が飛び立って恐ろしい思いをした。

■これまでの訓解に対する疑問点

　多くの注釈書は、第４句の原文を**「草苅婆可尓」**として、**「かやかりばかに」**と訓んでいる。

　諸古写本の原文は、江戸時代の寛永版本は上掲の「草苅婆可尓」であるが、それより古い類聚古集は「苅苅婆可尓」、その他の古写本は「々々婆可尓」あるいは「々々波可尓」の表記である。

　すなわち、寛永版本や多くの注釈書は、「々々」の表記を第３句の原文「茅草苅」の「草苅」の表記と判断しているが、類聚古集にあるように「苅」をさらに２字続ける「苅苅」の表記として訓むべきであり、「苅苅婆可尓」を原文と考えるべきである。

■新訓解の根拠

　私は「苅苅婆可尓」を原文として、「苅」は「かる」の已然形「かれ」を「枯る」の連用形の「枯れ」に借りて訓んで、**「枯れ枯れ墓に」**である。

　まず、初句の**「天なるや」**は、天上界のように物音がないことを表現

259

している。「ささらの小野」は地上にあるが、**まるで天上界にあるかのように物音ひとつしない野である**ことを強調しているのである。

これまで、多くの注釈書は、単純に「天上にあるささらの小野」と解釈しているが、これは全くの見当違いである。もっとも、『日本古典文学全集』は「この小野が天上にあるということの意味は不明。」としている。

題詞にあるように、「怖ろしいほど」静かであることの表現であったのである。「ささら」は、小さい意の接頭語である。

つぎに、第4句の「枯れ枯れ」は、歌の作者が茅草を苅っている小さい野は、草が衰えて枯れていて気味悪い様相を呈していることを表現している。これも「怖ろしい」情景の表現である。

「枯れ枯れ墓に」は、そのような不気味な草叢の中に潜んでいるように古い墓（土を盛っただけの墓）があるということである。

「はか（墓）」は、155番歌「御陵奉仕流」（みはかつかふる）にある。「婆可」の「婆」を「は」と訓むことは、3925番歌「年乃婆自米尓」（としのはじめに）などにある。

これまでの注釈書は、第4句を「草刈りばかに」と訓み、「カリバカ」を「刈り取る場所・範囲、又は功程をいう語」（『日本古典文學大系』）などと解していたため、「物に怕（おそ）るる歌」であることが十分に解明されてこなかった。

第5句「鶉を立つも」については、多くの注釈書も「人けのない草むらなどに住む鳥。突然飛び立つ鳥として知られ、」（前掲古典文学全集）、「鶉は淋しい所、古ぼけた所にいるものとされていた。」（前掲古典文學大系）と注解している。

この歌が「物に怕（おそ）るる歌」とされているのは、怖ろしいほど物音ひとつしない、小さい小野で一人で茅草を苅っていたとき、枯れ枯れで気味悪い様相の草叢の中にある、古い墓からいきなり鶉が飛び出して、度肝を抜かされるほど怖かったというものである。

これまで、この歌に対する訓解は、鶉がいきなり飛び出して怖いことを詠んでいるとの解釈にとどまり、初句の「天なるや」の意味、および第4句の原文に対する校証が不十分であったため、ほとんどこの歌の解釈ができていなかったものである。

「物に怕るる歌三首」と題詞のある２首目の歌。原文はつぎのとおり。

奥國　領君之　柒屋形　黄柒乃屋形　神之門渡

新しい訓

奥つ城に　うながす君が　染め屋形　黄染めの屋形　神の門
渡る

新しい解釈

墓に急き行く君が染め布で被われた遺体、それは黄色に染め
られた布で被われた遺体であり、神域の入口に入ってゆく。

■これまでの訓解に対する疑問点

定訓は、「屋形」を、「船の上に付けた屋根のある室。屋形船。」（『古
語大辞典』）を想定している。そこから、「柒」が「塗」の誤字であると
の誤字説も出てくる。

しかし、万葉の時代に、死者の遺体を屋根のある船で運んだという確
証はない。

万葉の時代、船に乗せて海洋に遺体を葬ることがあったとしても、粗
末な船に乗せていたものと思われ、朱塗りの屋根付きの船に乗せていた
とは、貴人の遺体であっても考えられないことである。なお、現代の宮
付き霊柩車は大正時代からといわれている。

■新訓解の根拠

初句の「奥國」（おくつくに）の二つ目の「く」が「き」に転じた
「奥つ城に」のことであり、「神の宮居。墓。」（前同）である。

第２句「領」は、「**うながす**」と訓む。1961番歌に「吾乎領」（吾を促す）の用例がある。「せきたてる」の意（前同）である。

　第３句「屋形」は、一応「やかた」と訓むが、「屋」は「被<ruby>い<rt>おお</rt></ruby>」の意味であり、この歌においては「物におおいかぶせるもの」（『学研漢和大字典』）、また「形」は2241番歌および2841番歌において「すがた」と訓まれているので、「屋形」は「**被われたすがた**」、すなわち**遺体が布で被われている姿のこと**である。

　したがって、「柒」は「染」であり、「塗」の誤字ではない。

　第４句の「黄柒」を定訓が「丹塗り」と訓む理由として、『新日本古典文学大系』は「上代に色名『き（黄）』の成立していた確証はない。」としている。

　しかし、『日本書紀』の持統７年（693年）春正月に「是の日に、詔して天下の百姓をして、黄色の衣を服しむ。」（『岩波文庫　日本書紀』）の記載があるので、「黄染め」と訓むべきである。

　この記載から、「黄」が「赤」の「丹」を意味したとは考えられない。

　したがって、「黄柒乃屋形」は「黄色に染められた布で被われた遺体」の意味である。

　一首の歌意は、奥つ城に急き行く君の遺体は、染めた布で被われている、それは黄色に染められた布で被われており、神域の入口に入ってゆく、である。

　これが、なぜ「物に怕<ruby>る<rt>おそ</rt></ruby>る歌」なのか、検討する。

　それは、遺体を被っている衣が「黄色」であることである。

　この遺体は百姓で、『日本書紀』にあるように、死後も黄色の布で遺体が被われていたのである。黄色は、地下の世界の「黄泉（よみ）」を連想させる。

　死んだのち、霊魂は天に昇ると考えられていた万葉の時代に、奥つ城に運ばれていく遺体が黄色で被われていることは、「黄泉」のある地下に霊魂が運ばれ閉じ込められることを暗示し、怕ろしいと詠われているのである。

「物に怕る<ruby>怕<rt>おそ</rt></ruby>る歌三首」との題詞がある３首目の歌。
　この歌も、恐ろしいと思う光景を詠んでいる。

新しい訓

　　人魂の　さ青なる君が　ただひとり　逢へりし雨夜の　**灰差**
し思ほゆ

新しい解釈

　　人魂のような真っ青な顔色の君と、たった一人で逢った、あ
の雨の夜の光景が、「**灰差し**」をしたときのように、**はっきり**
と瞼に浮かんで思われる。

■これまでの訓解に対する疑問点

　この歌の結句の原文「**葉非左思所念**」は、古来、難訓で知られてい
る。

　江戸時代の契沖『萬葉代匠記』は、「思」の下に「久」あるいは「九」
の脱字があるとして、結句を「久しく思ほゆ」と訓んだ。それは第４句
「相有之雨夜乃」の末尾の「乃」はないものとし、そこに「葉」を置き、
第４句を「逢へりし雨夜は」と訓むことを前提にしている。

　しかし、「非」は乙類の「ヒ」で、「久し」の甲類の「ヒ」とは仮名が
相違する、との指摘がある。

　『日本古典文學大系』は、誤字説を展開して「葬<ruby>葬<rt>はぶ</rt></ruby>りをそ思ふ」と訓み、
「非は振の草体からの誤、左は乎→戸→左という経過をとった誤と思わ
れる。戸と左との誤写は元暦本巻十九などに例が多い。思は曾の誤でな
いか。巻末に誤写の多いことは、よく知られている。」とし、その理由
付けは「見事」と評するほかないが、ともかく『葉非左思』の４字のう

263

ち３字までも誤字とする訓は異常で、到底納得できるものではない。
『新日本古典文学大系』は、「葉非左思所念」を原文のまま掲記し、「結局は解読不可能。訓みを付さないでおく。」としている。

　他の注釈書も、「葉非左」の３文字は、訓義未詳としている。

■新訓解の根拠
１　「**葉非左思**」は、文字を忠実に訓むと「**はひさし**」である。

　万葉集の中で「はひさし」の動詞形「はひさす」の語を用いた歌として、つぎの歌がある。

　3101　紫者　灰指物曾　海石榴市之　八十街尓　相兒哉誰
　　　　むらさきは　はひさすものぞ　つばいちの　やそのちまたに　あへるこやたれ

　この歌の上２句は、第３句の海石榴市という町の名を引き出す序詞であるが、布を紫に染めるとき、紫草の根の汁に椿の木を燃やした灰を媒染剤として加えることを「灰差す」といい、「灰差す」といえば、「椿」を連想するので、「灰差す」を海石榴市の序詞にしている。

　本歌の「葉非左思」も上掲歌の「灰差す」と同じことを言っているもので、万葉当時の人々は、この染色方法を用いたときの状態は誰もがよく知っている知識であり、この状態を「思ほゆ」を修飾する比喩として用いていると推察する。

２　辻野勘治『万葉時代の生活』は、当時の染色について、つぎのように記載している。

　　「紫草で染色するには、その根を石臼ですりつぶし、つぶした根を桶の上にのせ、桶の中には染めるべき布を入れておく、上から湯をかけると根の液汁が下の布に滲みこんでゆく。浸し染めと言われる方法である。（中略）椿の木を焚いた灰は桶の水に加えて灰汁を媒染剤とするのである。〈明治前日本農業技術史〉」

　この媒染剤である灰を差したとき、布が紫色に鮮やかに発色することは、まことに印象的で、万葉人はよく知っていたので、「さ青なる君」

のことを、灰差しをしたときのようにはっきりと、鮮やかに思う、と表現しているのである。

　他に、染色に擬えて「思ほゆ」と詠んだ歌に、つぎの歌がある。

　　569　韓人の衣染むといふ紫の心に染みて思ほゆるかも

　ところで、「逢へりし雨夜の」も、「灰差し思ほゆ」も、共に8字で字余りであるが、共に句中に単独母音「あ」あるいは「お」があるので、字余りが許容される。

補注

　この難訓歌については、染色の知識が一応必要である。しかし、「灰差す」の語は多くの古語辞典にも載っており、その意味を知ることはさして困難ではない。

　むしろ、「灰差す」という語が、歌においてどのように用いられているかに思い至るためには、古歌に対する嗜みが必要である。

　古歌は、美しい言葉の譬喩を用いて、より鮮明に歌意を鑑賞者に伝えたいと工夫を凝らしている。

　「灰差す」「灰差し」は、つぎのように平安時代の歌にも詠まれており、色鮮やかに映えている状態の譬喩として用いられているのである。

　　　紫に　八入染めたる　藤の花　池に灰差す　ものにぞありける
　　　　　　　　　　　　　　　　斎宮女御（『後拾遺集』巻二　春下）
　　　言はねども　思ひ染めてき　錦木の　灰差す色に　出でやしなまし
　　　　　　　　　　　　　　　　藤原仲実（堀河院百首）
　　　佐保姫の　ほのかに染むる　桜には　灰差し添ふる　藤ぞうれしき
　　　　　　　　　　　　　　　　『宇津保物語』

　大宰師・大伴旅人が大宰府から帰京のとき、従者が海路で詠んだ10首のうちの一首。

新しい訓

> 　**魂**(たま)はやす　武庫の渡りに　天伝ふ　日の暮れゆけば　家をしそ思ふ

新しい解釈

> 　**魂**(たましい)**が盛んになる**武庫の港まで来て、〈天伝ふ〉日が暮れてゆくと、近づいてきた家のことばかり思っている。

■これまでの訓解に対する疑問点

　初句の原文「多麻波夜須」を「玉はやす」と訓んで、多くの注釈書は、「武庫」にかかる枕詞とし、語義・かかり方未詳としているが、不審である。

　なお、中西進『万葉集全訳注原文付』は「玉を輝かせる」と訳し、「武庫の地に玉造集団がいたか。玉の幽かな輝きが風景にかなう。」と解説している。

■新訓解の根拠

「多麻」は「魂(たま)」と訓み、「たましい」のことである。

　3393番歌「多麻曾阿比尓家留」（魂そ合ひにける）の例がある。

「波夜須」は「はやす」と訓み、3353番歌に「波也之」（はやし）とあったように「引き立たせる。」「盛んに言う。」「調子にのせる。」（以上、『古語大辞典』）の意である。

　すなわち、奈良の都への終着の港である難波に間近い武庫川の河口付

近まで船が進んできて、歌の作者は都の家に帰れることが現実となり、興奮しているのである。この興奮状態が「魂はやす」である。

　そして、日もちょうど暮れてきて、夕方には家族が家に集まることを想像し、その家に間もなく自分が帰れることばかりを思っている、と詠んでいるものである。

前掲の海路で詠んだ10首のうちの一首。

新しい訓

> 　　大船の　上にし居れば　天雲の　たどきも知らず　**歌占ふ我**
> **が背**

うら

新しい解釈

> 　　大きな船に乗って海原に出ているので、船の航行上、天の雲
> のこれからの状態が分からず心配で、**歌占いをしている我が仲**
> **間よ。**

■これまでの訓解に対する疑問点

　結句の原文「歌乞和我世」の「歌乞」が、難訓とされてきた。

　それ以外の訓は、「大船の　上にし居れば　天雲の　たどきも知らず
○○我が背」で争いはない。そして、その部分の解釈は、大きな船に
乗って海原に出ているので、空の雲の状態が分からず、すなわち船の航
行上、雲のこれからの情況が心配であるが分からず、という意である。

　問題は「歌乞」の訓解であるが、多くの注釈書は訓を付していない
が、以下の注釈書はつぎのように訓解している。

歌ひこそ
　　澤瀉久孝『萬葉集注釋』　　　　歌でも謡つて下さい。我が背よ。
　　『新潮日本古典集成』　　　　　歌でも歌って元気づけて下さい、あ
　　　　　　　　　　　　　　　　　なた。

歌乞はむ
　　伊藤博訳注『新版万葉集』　　　船頭たちに景気づけの歌でも歌って

もらおうではありませんか、皆さ
ん。

　また、多くの注釈書は、「天雲の」を「たどきも知らず」の枕詞と解
しているが、そうではないと考える。前述のように、私は「天雲の　た
どきも知らず」を、空の雲のこれからの状態が分からないことと解する
が、多くの注釈書は「たどきも知らず」を歌の作者の頼りない、心細い
気持ちと解し、「天雲の」を実質的な情景と捉えていないのである。

■ 新訓解の根拠
　ほとんどの注釈書は、原文として「乞」を採用しているが、紀州本、
京都大学本および陽明本は、「乞」の字ではなく、「占」の草書体の字形
と著しく似た表記である。
　「占」の「口」の部分の右側の部分（第4画、第5画）を草書体で書け
ば「乙」（ただし、最終画を撥ねない）のようになり、「乞」の下の部分
（第3画）の「乙」と同じ字形になる（「草書韻会」における「占」の草
書を参照──『楷行草　名跡大字典』木耳社）。
　この「占」の最終画を留めるべきであるのに撥ねている点が（反対の
ケースとして、「汙」が「汗」）、「占」を「乞」の草書体として見誤って
誤写させた原因と考える。それゆえに、明瞭に「乞」と表記されている
古写本もあるが、むしろそちらの方が誤写により生まれた文字であり、
元の原文は「占」であるため、原文を「占」と改めるべきと考える。
　よって、「歌占」（うたうら）であり、歌で吉凶を占うことで、歌が書
いてある短冊を引かせ、そこに書いてある歌の内容に依って吉凶を占っ
ていたのである。
　古代人が日常的に占いを好んだことは、万葉集の多くの歌に出てくる
（109番歌、736番歌、2506番歌、2507番歌など）。
　とくに、気象条件の変化に依り命を失う危険がある海洋の航行におい
ては、現代のように科学的な気象予報がない万葉の時代において、占い
によって情報を得ていたと思われる。
　本歌は、その「歌占」をすることを、「歌占ふ」と動詞化して詠って
いるものである。

なお、「歌占」の存在は、謡曲に「歌占」がある。

「歌占ふ我が背」は８字の字余りであるが、句中に単独母音「う」があるので、許容される。

「たどき」は「たづき」の母音交替形といわれ、「手段、方法」のほか「有様、状態」の意がある（『古語大辞典』、『古語林』）。

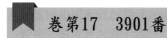

巻第17　3901番

　天平12年（740年）12月9日、大伴書持が作る「大宰の時の梅花に追和せし新歌6首」のうちの一首。兄の大伴家持の作とする諸本もある。

新しい訓

> 　み冬継ぎ　春は来たれど　梅の花　君にしあらねば　**折る人もなし**

新しい解釈

> 　冬に引き続いて春が来て梅の花が咲いているけれども、（大宰の人である）君はもういないので、**梅の枝を折る人もいない**。

■これまでの訓解に対する疑問点

　元暦校本以外の多くの古写本は、結句の原文が「**遠流人毛奈之**」であるが、元暦校本では「流」が「**久**」とあるので、定訓はこれを採用し、「招く人もなし」と訓んでいる。

「梅を擬人化して招き寄せるといった」（『日本古典文学全集』）、と解釈している。それは、大宰の梅花32首の冒頭の歌に「梅を招きつつ　楽しき終へめ」とあるので、本歌はそれに唱和したものとの考えである。

　しかし、元暦校本の訓には、明らかに「をるひともなし」とあり、必ずしも「久」が原文とは断定できない。

■新訓解の根拠

　この6首の連作が、書持あるいは家持の作であっても、父・旅人の梅花32首の作歌のときから10年が経過しており、かつ一世代後の人として、「追和」と言っても、追随した歌ではなく、新しい感覚で唱和して

いるものと考える。題詞に「新歌６首」とある「新」は、その意である。

そして、６首のうち本歌のほかつぎの３首においても、梅花に対する新しい感覚が読み取れるのである。

> 3902　梅の花み山としみにありともやかくのみ君は見れど飽かにせむ
>
> 3904　梅の花いつは折らじといとはねど咲きの盛りは惜しきものなり
>
> 3905　遊ぶ内の楽しき庭に梅柳折りかざしてば思ひ並みかも

梅花32首の歌の詠み人の、梅に対する楽しみは、

> 821　青柳梅との花を折りかざし飲みての後は散りぬともよし

をはじめ817番、820番、825番、828番、832番、833番、836番、840番、843番、846番の各歌に詠まれているように、梅花が咲いている枝を手折って頭にかざすこと、あるいは手近に眺めることであった。

しかし、3902番歌は山に咲いている梅の花を見て飽きないと詠んでおり、全く新しい感覚であることが分かるのである（このことは、上掲の他の２首についても、同様であることを、同番歌の解説で述べる）。

このような分析から本歌を検討すると、元暦校本の訓が明らかに「をる」であること、他の諸古写本の原文が「遠流」であるので、「折る」と訓み、梅の枝を「折る人もいない」と詠んでいる、と解すべきである。

すなわち、梅の花を頭にかざすために枝を折る人はもういなくなり、梅の花を人と同じように命があるものとして、命の盛りである花に共感していることを詠んでいるのである。

私は、この連作６首は書持の歌と考える。

前掲「大宰の時の梅花に追和せし新歌６首」のうちの一首である。

新しい訓

> 　遊ぶ内の　楽しき庭に　梅柳　折りかざしてば　**思ひ並みかも**

新しい解釈

> 　今遊んでいるこの楽しい庭で、梅や柳の枝を折ってかざしにしたら、**その思いは平凡だろうなあ。**

■これまでの訓解に対する疑問点

　結句の「意毛比奈美可毛」を多くの注釈書は「思ひ無みかも」と訓み、「物思いもないだろうか」あるいは「心残りもないことだろうか」の意と解している。

　また、「表現不足の句」（『日本古典文學大系』）、「語法的に無理な表現がある。」（『日本古典文学全集』）、「類例のない表現。」（『新日本古典文学大系』、『岩波文庫　万葉集』）との指摘があるが、むしろ本歌を十分理解していない結果であると思う。

■新訓解の根拠

　結句は、「**思ひ並みかも**」と訓む。

　思いを「並み」と詠った歌につぎの歌がある。

　　858　若鮎釣る松浦の川の川なみの並にし思はば我れ恋ひめやも

「並みにし思はば」の原文は「奈美迺之母波婆」。

このほかにも、「奈美」を「並み」と訓んでいる例は、559番歌「老奈美尓」（おいなみに）および892番歌「比等奈美尓」（ひとなみに）にある。

　「並み」は「通り一遍」「普通」「同等」などの意。

　酒宴の興にまかせて庭の梅の花や柳の若枝を手折って、髪に挿して飾るようなことは、梅や柳に対する思いとしては通り一遍ではないだろうか、の意である。

　この歌は、大宰のときの梅花32首の詠み人とは、梅の花に対する思いが変わってきていることを示している。

　この歌の直前に、同じ作者のつぎの歌がある。

　　3904　梅の花いつは折らじといとはねど咲きの盛りは惜しきものなり

　この歌で、作者は梅の花をいつは折らないでおこうと厭うわけではないが、庭に咲き誇っている梅の花を見て、折るのは惜しいと、梅の花に思いを寄せているのである。

　この前歌で、梅の盛りの花枝を折るのは惜しいと詠んだ人が、その梅の花の枝を折って自分の髪に挿せば、「物思いもないだろうか」、あるいは「心残りもないことだろうか」と詠っていると解するのは、一連の歌の同一作者の歌の解釈として不自然である。

　前述のように、一部の注釈書はこの歌の表現を非難しているが、非難されるべきは歌の心を解しない注釈書の方である。

　万葉人の歌の心は10年で新しくなったが、1300年も後の人の訓解が変わらないのが、現実である。

「三香原の新都を讃める歌」との題詞のある境部老麻呂作の長歌。

新しい訓

> 山背の　久邇の都は　春されば　花咲きををり　秋されば
> 黄葉にほひ　**おはせる**　泉の川の　（後略）

新しい解釈

> 山背の久邇の都は、春になれば枝がたわむほど花が咲き、秋
> になれば黄葉が色艶やかで**あられる**、泉の川の

■これまでの訓解に対する疑問点

　多くの注釈書は、前掲の「泉の川の」の直前の句の原文「於婆勢流」
を「帯ばせる」と訓み、つぎの句の「泉の川」を修飾する語として解釈
している。

　例えば、『日本古典文學大系』は「帯のようにめぐって流れる泉川の」
と解釈し、他の注釈書もほぼ同旨である。

　しかし、「帯ばせる」は「身にお着けになる。帯びていらっしゃる。」
の意（『古語大辞典』）で、「帯のようにめぐって」の意はない。

■新訓解の根拠

「於婆勢流」を**「おはせる」**と訓む。「婆」を「は」と訓む例は、3627
番歌「伊敝之痲婆」（いへしまは）、4133番歌「伊痲婆衣天之可」（いま
はえてしか）にある。

「おはす」は「属性の所有者に対する敬意を表す。おありになる。」
（『古語大辞典』）の意で、その未然形に存続の助動詞「り」の連体形
「る」が付いて「おはせる」となったものである。

したがって、「久邇の都」はその属性として、「花咲きををること」「黄葉にほふこと」がおありになる「久邇の都」と敬意を払って詠んでいるものである。「帯ばせる」と訓んで、泉川を修飾する語とする解釈は、相当ではない。

類　例

巻第17　4000番

「立山の賦一首」と題詞のある大伴家持の長歌。北アルプスの立山のことである。

新しい訓

> （長歌の部分）
> その立山に　常夏に　雪降りしきて　**おはせる**　片貝川の
> 清き瀬に

新しい解釈

> その立山に夏の間も常に雪が降り続いておられる、片貝川の
> 清き瀬に

■これまでの訓解に対する疑問点
　西本願寺本および京都大学本には「於波勢流」とあるが、他の古写本は「於婆勢流」である。しかし、すべての古写本は「おはせる」と訓を付している。
　定訓の「帯ばせる」による注釈書は、「帯のように流れる片貝川の」と解釈している。

■新訓解の根拠
　この歌においても「於婆勢流」は「おはせる」と訓むべきで、「属性

276

の所有者に対する敬意を表す。」ものである。

　すなわち、立山は「常夏に雪降りしくこと」の属性がおありになる、の意である。「帯のように流れている片貝川の」の解釈は問題である。

巻第17　4003番

「敬ひて立山賦に和す一首」との題詞がある大伴池主の長歌。

新しい訓

　　朝日さし　背向《そがひ》に見ゆる　神ながら　**御名《みな》におはせる**　白雲の　千重に押し分け　天そゝり　高き立山（後略）

新しい解釈

　　朝日がさし後ろの方に見える、神としての**御名がおありになる**、多く重なった白雲を押し分け、天にそそり立つ高き立山、

■これまでの訓解に対する疑問点

　この歌の原文は「彌奈尓於婆勢流」で、定訓は「御名《みな》に帯ばせる」であるが、さすがに注釈書も「御名を帯にして」と解釈するものはなく、「名を持つてをられる」「名を負い持って」など、と解釈している。

　また、定訓も注釈書も、前の句の「御名」に続けており、つぎの句の「白雲」を修飾する詞とは解していない。

　前掲2首と解釈が異なる理由が、定かではない。

■新訓解の根拠

　この歌においても、「御名におはせる」と訓み、「御名がおありになる」の意である。

　すなわち、立山は「神ながらの御名」をもたれている属性がおありになる、と詠っているのである。

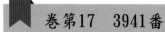

平群氏女郎が越中守の大伴家持に贈った、12首の歌の一首。

新しい訓

> 鶯の　鳴くくら谷に　うちはめて　**やけはしぬとも**　君をし
> 待たむ

新しい解釈

> 鶯の鳴く、人によく知られていない隠れた谷に、自分は身を
> 投げ入れて、**きっと思い焦がれることになっても、**あなたをお
> 待ちしましょう。

■これまでの訓解に対する疑問点

　第4句の原文「夜氣波之奴等母」に対し、多くの注釈書は「焼けは死
ぬとも」と訓み、「焼け死ぬことがあろうとも」あるいは「焼け死ぬほ
ど」「焼け死ぬように」と訳している。

　第2句・第3句の「くら谷にうちはめて」について、若干の相違があ
るが、谷に身を投げ出した人、あるいは谷に身を置いている人と解され
ているので、溺れ死ぬことは想定できても、焼け死ぬということは、そ
れが譬喩的な表現であっても不自然極まりないものである。

　この点、澤瀉久孝『萬葉集注釋』は「火口壁に圍まれた火口などがク
ラタニのもつ具體的なイメージとして持たれてゐた感があり」と言及
し、『新潮日本古典集成』も、くら谷について「火口などをいうか。」と
注釈している。

　しかし、鶯は火口には棲まず、「鶯の鳴く火口」と詠むことは考えら
れない。また、火山のない大和地方に住む万葉時代の女性が、火山の火
口を見て知っているとも思われない。

■新訓解の根拠

「やけはしぬとも」の「やけ」は「やく（自動詞カ行下二段活用）」の
連用形で、「**やく**」には、「**思い焦がれる。思い悩む。**」の意（『古語大辞
典』）があり、万葉集にもつぎの歌に用いられている。

　　　5　（前略）焼く塩の　思ひぞやくる　わが下心
　　755　夜のほどろ出でつつ来らくたび数多くなれば我が胸断ちやく
　　　　　ごとし
　1336　冬こもり春の大野を焼く人はやき足らねかも我が心やく
　3271　我が心やくも我れなりはしきやし君に恋ふるも我が心から

「くら谷」は、人によく知られていない隠れた谷である。「暗事」（くら
ごと）が「人に知られないようにすること。」（『古語大辞典』）であるよ
うに、「くら」は「暗し」の語幹で、よく知られていない、の意である。
「しぬ」は、「死ぬ」ではなく、「し」は動詞「為（す）」の連用形であ
り、「ぬ」は確認・強調の助動詞「ぬ」の終止形である。「は」は、強調
の係助詞。
　つぎに示す4409番歌の第４句の原文は、「布奈湟波之奴等」で、その
中の「波之奴等」は本歌の「夜氣波之奴等母」と同じであるが、「之奴」
を「死ぬ」とは訓んでいない。

　4409　家人の斎（いは）へにかあらむ平けく船出はしぬと親に申さね

　他に、1608番歌の「消かもしなまし」も、「し」は動詞「す」（為）の
連用形で、「な」は完了の助動詞「ぬ」の未然形であり（以上、『岩波文
庫　万葉集』）、「消かも死なまし」ではない。
「とも」は、逆接の仮定条件の接続助詞。
　よって、「**やけはしぬとも**」と訓み、「思い焦がれることになっても」
の意である。
「鶯の鳴く」の「く」が「くら谷」を導く序詞の働きをしている。
　もちろん、歌の作者・平群氏女郎は、鶯の鳴き声は己が縄張りを他に
知らせるために鳴くことと、鶯は繁みに隠れて鳴く習性があることを

知った上で、「鶯の鳴くくら谷にうちはめて」と、鶯が己が愛の巣を守るために鳴いている暗い隠れた谷に、私も身を投げ入れて、と詠んでいるものである。

　鶯の鳴く習性を知らないで、この歌は訓解できない。

　一首の歌意を纏めると、鶯が愛の巣を守るために鳴いている暗い隠れた谷に、自分は身を投げ入れて、きっと思い焦がれることになるけれども、あなたをお待ちしましょう、である。

　注釈書の訳である「焼けは死ぬとも」が、「焦がれ死ぬとも」の意に解しているとは思われない。ただし、中西進『万葉集全訳注原文付』だけは、「焼け死ぬように辛いことがあっても、あなたをお待ちしましょう。」と訳しており、「焦がれ死ぬとも」の意に近いものである。

　しかし、いずれにしても「しぬ」を「死ぬ」と訓んでいる定訓は、「焼死」を連想しての訓であり、甚だしい誤訓であると考える。

大伴池主が家持に贈った長歌の末尾部分である。

新しい訓

（前略）娘子らは　思ひ乱れて　君待つと　うら恋すなり　心
ぐし　いざ見に行かな　**事はたな結ひ**

新しい解釈

　娘子たちは、思い乱れて君が来ると心から逢いたがってい
る、このままでは君の心が晴れない、さあ逢いに行きましょ
う。**このことについては、決して、自分の心に閉じこもらない
で。**

■これまでの訓解に対する疑問点
　家持は天平18年夏、越中守として赴任してから約半年後である同19
年２月ころ、重い病に臥し、精神的に相当落ち込んでいた。
　家持は、その状況を親しい友である大伴池主に歌を贈って訴え、池主
はそんな家持を元気づけるため、漢文の序を添えて歌などを返していた
のである（補注参照）。
　本歌は、家持に返した池主の長歌で、塞ぎこんでいる家持を、山野で
遊んでいる娘子のところに誘い出そうとして詠っている歌である。
　ところで、最末句「許等波多奈由比」を「事は」「たな」「ゆひ」と、
の三つの詞に分けて解釈するのが、従来の訓例である。
　「ゆひ」について、注釈書は、未詳とするものも多いが、「約束する」
あるいは「決まっている」の意に解している。

281

　私は、「事」「はた」「な結ひ」の三つの詞に分けて解釈する。

「事」は「前の記述からわかるはずの事柄を漠然と指す用法」(『古語林』)であり、ここでは「娘子らに逢いに行くこと」を指している。

「はた」は、副詞で「[下に打消の語を伴って] きっと(～ない)」の意(前同)。

「な結ひ」の「な」は禁止の副詞。

「結ひ」は「結ふ」の連用形で、『岩波古語辞典』によれば「ある区域に標を立て、垣を作るなど、しるしとなる物を用いて、他人の接触・立入を禁じるのが原義。」とあり、「縛って自由を奪う。」などの語義が掲げられている。

　この歌においては、家持が塞ぎこんでいることに対し、池主は、家持が他人(娘子ら)との接触を自分で禁じるようなことをするな、自分の気持ちで自分の自由(行動)を奪うな、といっているのである。

　したがって、「ことはたなゆひ」の解釈は、娘子らに逢いに行くこと、それを決して自分から禁止するようなことをしないで、との意である。

　池主は、家持のことを思い、娘子らに逢いに行くように仕向けているが、塞ぎ込んでいる家持は引っ込み思案になっていて、それに応じないことが十分予想されたので、家持が自分を自分の世界に閉じこめること(「ゆひ」の意味)をしないようにと、家持のために長歌の最末尾において、改めて念押しをしている「**念押し句**」であるのである。

　家持を案ずる、池主の真の友情が伝わってくる歌である。

補注

この歌の前後に、二人の間につぎのように交信がある。

　天平19年(747年) 2月20日
　　3962～3964番　家持の長歌・短歌二首　「忽ちに枉疾に沈みて殆ど泉路に臨む。すなわち歌詞を作りて以て悲緒を申べし」との、題詞がある。

　同月29日

3965・3966番　家持の短歌二首　他に、漢文による序。題詞に、
　　　　　　　「池主に贈りし悲歌」とある。

3月2日

　3967・3968番　池主の短歌二首　他に、漢文による序。

3月3日

　3969〜3972番　家持の長歌・短歌三首　他に、漢文による序。

3月4日

　　　　　　　池主の漢文による序と七言詩。

3月5日

　3973〜3975番　池主の長歌（**本歌**）・短歌二首。

　3976・3977番　家持の短歌二首　他に、漢文による序と七言詩。

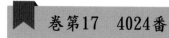

　越中の国守である大伴家持が、春の出挙に国内の諸郡を巡行した
ときに詠んだ歌の一首。

新しい訓

> 　立山の　**雪敷くらしも**　延槻の^{はひつき}　川の渡り瀬　鐙漬かすも^{あぶみ つ}

※ ルビ: 延槻（はひつき）、鐙漬（あぶみつ）

新しい解釈

> 　　立山に、（今年は多くの）**雪が一面に覆っているらしい、**延
> 槻の川の水嵩が増えて、瀬を渡るとき鐙が川の水に漬かること
> からしても。

■ これまでの訓解に対する疑問点

　この歌の詠歌の時期は明らかでないが、天平20年正月の歌である
4020番の歌と巻第18の最初の同年3月23日の歌との間にあるので、3
月ころと推測する。

　さて、第2句の原文「由吉之久良之毛」を諸古写本が「雪しくらし
も」と訓解することについて、澤瀉久孝『萬葉集注釋』はつぎのように
解説している。

> 　「雪し」の「し」は強意の助詞。「くらし」を「來らし」と解釋し
> てゐたが、略解に「宣長云、雪しのしは助辭にて、くらしもは消ら^{キュ}
> しも也。消るをくと言ふはめづらしけれとも、書紀に居をうと訓註
> もあり、又乾をふと訓註もあれば、消も古言にはくと言へるなるべ
> しと言へりとし、（以下、省略）。

　しかし、「消ゆ」の終止形「く」が本歌以外には例が見られないこと

は、澤瀉注釋のほか多くの注釈書の認めるところであり、甚だ疑問である。

そのことは、この歌が３月に（少なくとも、春に）詠まれたものとすると、3000メートルの高山の立山の雪が融けて消える、と詠うことが不自然であることからもいえる。立山の積雪は、昔も今も、旧暦３月では（新暦４月では）消え始めることはない。

家持は、３月16日と記載のある歌である4079番歌において、「昨日も今日も雪は降りつつ」と詠っている。

また、家持は4116番歌では「五月の（中略）射水川　雪消溢りて」と詠んでいる。

「雪し消らしも」の訓解は、歌が詠まれた時季を考えていない。

■新訓解の根拠

前記のように、「雪し消らしも」の「雪し」の「し」を、助詞あるいは助辞と解することが、誤訓の起点となっている。

「由吉之久良之毛」の「之久」は「敷く」と訓むべきである。「雪が一面に覆っている」の意である。

雪を「敷く」と訓んでいる例は、1888番歌「白雪の常敷く」、3960番歌「雪は千重敷く（之久）」、4233番歌「降り敷く雪に」などにある。

また、「立山の」の「の」は、対象を示す格助詞である。

一首の歌意は、立山に（今年は多くの）雪が一面に覆っているらしいよ、延槻の川の水嵩が増えて、瀬を渡るとき鐙が川の水に漬かることからしても、である。

まだ、例年では鐙を濡らすほどの水嵩でない川が、この時期に水嵩が増えるているのは、低山にも例年より雪が多く雪解けが始まっているからで、まして立山には例年よりもっと多くの雪が積もっているのだろう、と推測しているのである。

大伴家持が、春の出挙によりて諸郡を巡行したときの歌。

新しい訓

> 妹に逢わず　久しくなりぬ　饒石川（にぎし）　清き瀬毎に　**水占は経（みなうら）（へ）てな**

新しい解釈

> 妻に逢わず長い間過ぎてしまった、饒石川の清き瀬ごとに、（いつ、妻に逢えるのか知りたいので）**水占はして渡ってゆきたいものだ。**

■これまでの訓解に対する疑問点

　定訓は、結句の原文「美奈宇良波倍弖奈」を「水占延（は）へてな」と訓んでいる。

　多くの注釈書は、「水占」の方法は不詳としているが、『日本古典文學大系』は「ハへを延へと解すれば、縄を使うものであろうという（伴信友、正卜考）。」と注釈し、澤瀉久孝『萬葉集注釋』も正卜考に「しひて按（カンガ）ふるに、延（ハへ）てむにて、清き河瀬の水中に、縄を延（ハへ）わたし置て、それに流れかゝりたるもの、或は其物の數などによりて、卜ふる事にはあらざるか」とある、と引用している。

　しかし、多くの注釈書の訳文は「水占をしてみよう」「水占をしよう」というもので、それらの解釈であれば、この句を「延へ」と訓んでいることが反映されていない。

　また「水占の縄をながしてみたい。」（『新潮日本古典集成』、伊藤博訳注『新版万葉集』）の訳文に対しても、同様に「延へ」が「縄をながす」の意であれば、もっと直接的に「縄をながす」意の歌詞を用いないこと

は、疑問である。

■ 新訓解の根拠

「美奈宇良波倍弓奈」の「美奈宇良」を「水占」と訓むことは定訓と同じであるが、つぎの「波」は「主題・取り立て」の意味の係助詞（『古語林』）の「は」、「倍」の「へ」は「ふ」（経）の連用形の「へ」で、**「水占は経」**と訓む。

「倍」を「経」の「へ」と訓むことは、本歌の2番後の4030番「都奇波倍尓都追」（月は経につつ）、および4033番歌「等之波倍尓家流」（年は経にける）、4039番「等之波倍奴等母」（年は経ぬとも）などに多数例がある。

　ここの「経」は、「（場所を）通って行く。経過する。」の意（『古語大辞典』）で、川の瀬ごとに水占をして渡ってゆく、との意である。

「てな」は「《完了の助動詞『つ』の未然形『て』＋希望の終助詞『な』》……しよう。……したいものだ。」（前同）である。

あ と が き

『もっと味わい深い　万葉集の新解釈Ⅰ』の「まえがき」に記載したように、当初、研究済みで原稿化していた万葉歌の新訓解約600首を5分冊として出版することを進め、本第5分冊目をもって完結の予定でした。

　他方、1年半の出版作業期間中も、万葉集の原文を訓むことを続けてきた私は、新たに60首以上の万葉歌につき、新訓解を追加することになりました。

　これらすべてを、第5分冊に追加登載することにすると、第5分冊は500頁近い頁数になることが判明しました。

　そこで、当初、第5分冊に登載予定していた巻第18・19・20の新訓解は、第6分冊を追加し、そこに登載することに変更しました。

　これにより、新たに解明した新訓解歌についても「補追」として第6分冊に加えることができ、また以前から構想していた「訓解の類型別索引」の掲載も可能となりました。

「類例」の歌を含め、新訓解は約700首になりましたが、これによりこれまでの訓解に対する疑問や問題点は、ほぼ出尽くしたと考えます。

　私の提唱する新訓解を契機に、私が呈した疑問や問題点のある万葉歌約700首に対して、これからの日本人が、専門家と市井の人が叡智を結集して、新しい妥当な訓解を必ずや確立してくれるものと期待し、それが実現したとき、はじめて万葉集が世界に誇るべき日本の文化遺産として生まれ変わるものと信じます。

　そういうわけで、私は自己の新訓解はともかく、これまでの訓解に対する疑問・問題点の指摘にこそ意義があったのではないかと思います。

　　令和5年10月

　　　　　　　　　　　　　　　　　　　　　　　上 野 正 彦

研究の徒然に詠みし歌3首

　上つ代の歌の心を問ひなづみ辞書繰る日々の十年(ととせ)過ぎゆく

　校正を了(を)へて臥したる吾にまた思ひめぐりて立ち上がるなり

　この漢字(もじ)を択(え)りし心に寄り添ひぬ万葉歌(よろづはうた)の訓(よ)みの愉しさ

令和5年10月

　　　　　　　　　　　　　　　　　　上 野 正 彦

上野　正彦（うえの　まさひこ）

【主な職歴】
弁護士（現・50年以上）
公認会計士（元・約40年）

【古歌に関する著書】
『百人一首と遊ぶ　一人百首』（角川学芸出版）
『平成歌合　古今和歌集百番』（角川学芸出版）
『平成歌合　新古今和歌集百番』（角川学芸出版）
『新万葉集読本』（角川学芸出版）
　　　　　　　　（以上、ペンネーム「上野正比古」）
『万葉集難訓歌　1300年の謎を解く』（学芸みらい社）
『もっと味わい深い　万葉集の新解釈Ⅰ　巻第1　巻第2
巻第3』（東京図書出版）
『もっと味わい深い　万葉集の新解釈Ⅱ　巻第4　巻第5
巻第6　巻第7』（東京図書出版）
『もっと味わい深い　万葉集の新解釈Ⅲ　巻第8　巻第9
巻第10』（東京図書出版）
『もっと味わい深い　万葉集の新解釈Ⅳ　巻第11　巻第12
巻第13』（東京図書出版）

もっと味わい深い
万葉集の新解釈Ⅴ
巻第14　巻第15　巻第16　巻第17

2024年3月9日　初版第1刷発行

著　者　　上野正彦
発行者　　中田典昭
発行所　　東京図書出版
発行発売　　株式会社 リフレ出版
　　　　　〒112-0001　東京都文京区白山 5-4-1-2F
　　　　　電話 (03)6772-7906　FAX 0120-41-8080
印　刷　　株式会社 ブレイン

© Masahiko Ueno
ISBN978-4-86641-727-1 C0095
Printed in Japan 2024

落丁・乱丁はお取替えいたします。
ご意見、ご感想をお寄せ下さい。